절대강호
絶代强虎

장영훈 新무협 판타지 소설

FANTASTIC ORIENTAL HEROES

절대강호 2

장영훈 新무협 판타지 소설

초판 1쇄 찍은 날 § 2011년 3월 25일
초판 1쇄 펴낸 날 § 2011년 3월 31일

지은이 § 장영훈
펴낸이 § 서경석

편집책임 § 유경화
편집 § 이수민

펴낸곳 § 도서출판 청어람
등록번호 § 제1081-1-89호
등록일자 § 1999. 5. 31
어람번호 § 제2-2064호

주소 § 경기도 부천시 원미구 심곡2동 163-2 서경B/D 3F (우) 420-822
전화 § 032-656-4452 팩스 § 032-656-4453
http://www.chungeoram.com
E-mail § chungeoram@chungeoram.com

ⓒ 장영훈, 2011

ISBN 978-89-251-2467-4 04810
ISBN 978-89-251-2465-0 (세트)

※ 파본은 구입하신 서점에서 교환하여 드립니다.
※ 저자와 협의하여 인지를 붙이지 않습니다.
※ 이 책은 도서출판 청어람과 저작자의 계약에 의해 출판된 것이므로,
무단 전재 및 유포·공유를 금합니다.

절대강호

絶代强虎

FANTASTIC ORIENTAL HEROES

장영훈 新무협 판타지 소설

目次

제11장.	기지발휘	7
제12장	사도십객	45
제13장	관문돌파	67
제14장	철혈임로	111
제15장	비선개입	141
제16장	삼공녀	175
제17장	교언영색	195
제18장	소객	221
제19장	철혈대로	253
제20장	귀냉	291

第十一章
기지발휘

절대
강호

한 대의 마차가 관도를 달리고 있었다.
 입이 찢어지게 하품을 하면서도 능숙하게 마차를 모는 중년의 마부는 신군맹 소속의 무인이었다. 그의 주 임무는 신군맹 무인을 수송하는 일이었다.
 하루의 대부분을 마부석에서 지내는 그였다. 그나마 입담 좋은 무인을 만난 날은 지루함이 덜했다.
 무인들의 허풍은 어찌나 그리들 비슷한지, 다들 절벽 끝에 안 놀려본 사람 없고, 사악련 무인들과 십 대 일로 안 싸워본 사람 없다. 그래도 영물 내단 씹는 이야기라도 듣고 있다 보면 하루가 금방, 목적지도 잠깐이다.

물론 모든 날이 그런 것은 아니다. 한마디 말도 없는 과묵한 무인들을 만나는 날도 많다.

하지만 정말 이번 같은 무인은 단연코 한 번도 없었다.

마부가 힐끔 뒤쪽을 돌아보았다. 마부석과 연결된 작은 창은 막혀 있었다. 마부가 고개를 내저었다.

'정말 이상해.'

사실 이상하다기보단 대단하다고 해야 했다.

이번 수송은 무인 하나를 사악련 영역 근처까지 데려가는 임무였는데, 마차에 탄 사내는 열흘 동안 마차에서 나오지 않고 있었다. 대체 뭘 먹고, 똥을 어찌 싸는지 궁금할 따름이었다.

덕분에 마차는 그간 한 번도 객잔에서 묵지 못했다. 대부분 길옆 숲에 세워 야영을 했다. 덩달아 고생이라 한마디 불평이라도 하고 싶었지만 그럴 분위기도 아니었다.

마차 안에서 몇 번이나 비명 소리가 들려왔고, 앓는 사람이 내는 신음 소리가 들렸다.

괜찮으냐는 물음에는 항상 괜찮다는 대답뿐이었다.

이제는 완전 포기 단계였다. 빈 마차 몬다는 기분으로 목적지로 내달리고 있었다. 이제 얼마 안 남았으니 이 고생도 끝이다.

두두두두!

마차가 신나게 속도를 냈다.

덜컹거리는 마차 안의 사내는 바로 적호였다.

마차의 실내 벽에 작은 동경이 붙어 있었다. 적호가 일부러 붙인 것이다.

그 동경 안에 인피면구를 벗은 진짜 적호의 얼굴이 들어 있었다.

아무에게도 보여주지 않은 얼굴이었다.

십이귀병과는 어울리지 않는 서글서글한 눈매에 선한 인상, 평범하면서도 호감이 가는 얼굴이었다.

오랜만이라 그럴까. 적호는 자신의 얼굴이 너무나 낯설었다.

동경을 응시하던 적호가 천변백면공의 구결대로 진기를 운용하기 시작했다.

우드드드득.

적호의 얼굴이 서서히 변하기 시작했다.

이제 비명을 지르지 않았다. 지난 열흘간의 고된 수행 덕분이었다.

적호는 지난 열흘간 단 하나의 얼굴만 연습했다. 엄백양의 말처럼 이번 임무에 백 개의 얼굴 따윈 필요없었다. 단 하나의 얼굴만 제대로 만들 수 있다면 충분했다.

드드드득.

드디어 새로운 얼굴이 만들어졌다.

지난 열흘간의 고행이 드디어 하나의 성과를 내놓는 순간이었다.

이십대 초반의 준수한 얼굴이었다.

적호가 만족스럽게 웃었다.

보통의 무인이라면 열흘 만에 절대 이룰 수 없는 경지였다. 하지만 이미 수라팔절의 대성을 이룬 적호였다. 진기의 움직임에 대한 깊은 이해가 있었기에 가능한 일이었다.

순식간에 얼굴을 바꾸지는 못했지만, 일각 정도면 지금의 이 얼굴로 변신할 수 있었다. 하나의 변신에 성공한 이상, 이제 누군가의 얼굴로 변신하는 건 불가능한 일도 아니었다. 대신 대상에 대한 면밀한 관찰이 필요했다.

적호가 오랜만에 마부에게 말을 걸었다.

"얼마나 남았소?"

"이제 한두 시진만 더 가면 됩니다."

"알겠소."

나이에 비해 살짝 목소리가 굵은 감이 있었지만 그건 어쩔 수 없었다. 목소리까지 완벽하게 변형시키는 것은 아직 무리였다.

비급은 이미 태워 버렸다. 남은 구결들은 완벽히 외워두었다. 시간이 날 때마다 하나씩 익혀가면 되었다. 쓸데없는 비급을 지니고 다니는 것은 위험만 가중시킬 뿐이다.

천변백면공의 비급만 해도 이번 임무의 수당으로 충분했다. 돈으로 환산할 수 없는 신공이었으니까.

하지만… 살면서 백 개의 얼굴이나 필요할까?

백 개의 얼굴이 필요한 삶이 과연 행복한 삶일까?

적호는 그저 원래 얼굴로 살고 싶은 마음뿐이었다.

"잠시 쉬어가겠습니다."

마부의 목소리가 들려왔다.

"알겠소."

마차가 숲 옆에서 잠시 멈춰 섰다. 말을 쉬어가게 하기 위함이었다.

소피가 마려운지 마부가 숲 속으로 뛰어들어 갔다.

적호가 마차 밖을 향해 나직이 말했다.

"연, 거기 있어?"

놀랍게도 연의 대답이 들려왔다.

"네."

마차에 타고 왔는지, 말을 타고 쫓아왔는지, 아니면 경공으로 따라왔는지 알 수 없었다.

"잠시 들어와 볼래?"

평소라면 규칙 때문에 안 된다고 했을 그녀였는데, 마차 문이 열리며 그녀가 날렵하게 날아들어 왔다.

무심코 적호를 바라보던 연이 깜짝 놀랐다.

"앗! 완전 어려지셨군요."

"어울려?"

"잘생겨졌는데요. 명문가의 귀공자 같아요. 잘 보면 십대처럼도 보이겠는데요."

"너무 유약해 보이지 않나?"

"그렇긴 하네요. 눈을 좀 쭉 찢어지게 하시면."

"거기까진 아직 무리야."

연이 웃었다. 적호의 변신이 신기한지 그녀가 이리저리 유심히 살폈다.

그녀는 이 변신이 인피면구에 의한 것이 아님을 알아차렸을 것이다. 하지만 어떤 무공인지 묻지 않았다. 그녀의 장점 중 하나다.

"그런데 경공으로 달린 거야? 아님 마차 위에 붙어 있었던 거야?"

그러자 그녀가 싱긋 웃었다. 찬바람을 맞아서인지 그녀의 귀는 발갛게 달아올라 있었다.

"직업상의 비밀이에요. 한데 왜 부르셨죠?"

"철혈구로에 대해 아는 대로 말해줘."

기본적인 자료는 이미 숙지를 했다. 하지만 그보단 연 개인의 의견이 듣고 싶었다.

"제가 아는 것도 이미 알고 계신 것들뿐이에요."

"그래도 해줘."

"음, 그러죠. 철혈구로는 사악련이 주력으로 키우는 정예 타격대예요. 총인원은 백 명으로 이뤄져 있어요. 일로부터 구로까지 각기 아홉 명, 그것이 열한 개 조 아흔아홉 명, 거기에 철혈대로까지 딱 백 명으로 구성되어 있죠. 철혈대로를 보필하는 일조가 그들의 핵심이에요. 정예 중의 정예죠."

"그렇군. 계속해 줘."

"철혈구로는 일 년에 한 번씩 시험을 통해 결원을 보충해요. 그들이 공개적으로 인원을 뽑는 것은 일종의 과시효과라 생각해요."

"시험에 응시하는 자들은?"

"일단 나이 제한이 십오 세부터 삼십오 세까지 있어요. 한마디로 가장 젊고 팔팔한 고수들을 뽑겠다는 의도지요. 그보다 나이가 많으면 다루기 어렵기도 하겠고요. 통계적으로 사악련 소속의 일반 무인들이 반, 그 외 사파 고수들이 반 응시하지요. 워낙 시험 자체가 위험하고 악명 높아서 수많은 사상자들이 발생한다고 알려져 있어요. 해마다 사상자가 백여 명 이상 나는데도 갈수록 응시자들은 많아지고 있지요."

무인들의 심리를 잘 이용한 것이란 생각이 들었다. 위험하면 위험할수록 더 달려들고 싶은 것이 무인들의 심리, 더구나 상대적으로 정파 무인들보다 경쟁심이 더 강한 사파 무인들이라면 더욱 그럴 것이다.

"철혈대로의 무공 수위는?"

"알려진 바로는 사악련 내 삼십대 고수에 속한다고 알려져 있지만 그 정보도 정확하진 않아요."

"나와 비교하면 어떨까?"

"애초에 죽이려고 판을 짜면 어렵지 않을 거라 생각해요. 하지만 정면 대결을 펼치거나 선공을 당한다면……."

"장담할 수 없다?"

"솔직히 말씀드리면 힘들 거라고 생각해요."

적호가 고개를 끄덕였다. 외부인들 중 자신의 무공에 대해서 가장 잘 아는 사람이 연이었다. 그녀의 말은 신뢰할 수 있었다.

물론 그녀는 자신의 진짜 실력에 대해서 몰랐다. 비장의 한 수 정도는 숨기고 있을 것이란 상식적인 추측만 할 것이다.

"시험의 경쟁률은?"

"상당히 높을 거예요. 물론 적호님이 거기에 뽑히는 것쯤은 문제가 아니죠. 문제는 들어가서예요. 사악련이 주력으로 키우는 단체인만큼 세작의 침입에 대한 방비가 대단해요."

하지만 천변백면공이라면 안심이었다. 어떤 수단을 동원해도 얼굴이 바뀌었다는 것을 알아낼 수 없었다. 그만큼 신체 변형에 있어서는 최고의 경지에 있는 무공이었다.

"시험은 며칠간 합숙을 통해 진행되어요. 아시다시피 양현이라는 가명으로 시험에 응시해 두었어요. 그에 대해 잠시 말씀드리자면 양현, 나이는 이십오 세. 사부는 칠 년 전에 죽은 사비검. 사비검의 독문검술인 쾌속이검(快速二劍)을 물려받았어요. 쾌속이검은 적호님께서 익히신 쾌검류와 비슷해요. 구결 받아보셨죠?"

적호가 고개를 끄덕였다.

"비슷하게 흉내는 낼 수 있을 거야."

"적호님이라면 들키지 않으실 거예요. 그리고 사비검이 생존 시에 거의 각하 활동을 하지 않았기 때문에 그의 무공을 알아보는 사람은 없을 거예요."

"진짜 양현은?"

"그 역시 이 년 전에 죽었어요. 우리만 아는 정보로 아껴두고 있었죠."

이럴 때 위장 신분으로 사용하기 위해 기밀로 보관해 온 정보였다. 신비루의 일 처리는 이렇게 철두철미했다.

"너는?"

"그들의 본단 인근에 저희 작전실이 하나 운영되고 있어요. 고서점으로 위장되어 있지요. 전 그곳에서 대기하고 있을 거예요. 일단 저들의 본단으로 들어가게 되시면 제가 먼저 적호님께 접선하기는 불가능할 겁니다."

"그럼 당분간 자유의 몸인가?"

적호의 농담에 연이 희미하게 웃었다.

사실 그녀가 주위에 없을 것이라 생각하니 왠지 허전했다.

그때 저 멀리 밖에서 마부의 돌아오는 소리가 들렸다.

"그럼 전 이만."

미차 밖으로 나가려는 연에게 말했다.

"따라오려면 힘들 텐데 함께 가지."

연이 미소를 지었다.
"원칙에 어긋나는 일이라서요."
연이 밖으로 몸을 날렸다. 그녀의 마지막 말이 희미하게 들려왔다.
"그래도 말씀해 주셔서 감사해요."
적호가 피식 웃었다. 고마운 것은 언제나 자신이다.
"출발하겠습니다."
마차가 다시 출발했다.
"…양현."
적호가 몇 번이나 그 이름을 반복해 되뇌다가 그의 신상 명세를 펼쳤다.
낯선 인생이 몇 장의 종이에 나열되어 있었다.
이제 당분간은 이 양현이란 인물로 살아야 했다. 주로 암살이나 지원 임무를 맡아왔기에 이런 위장 임무에 대한 경험이 적었다. 있었다 해도 아주 잠깐의 위장이었다. 자연 긴장이 되었다.
적호가 심호흡을 했다. 마음이 불안하고 긴장되면 언제나 이렇게 심호흡을 했다.
사부께서 해주신 말씀이 떠올랐다.

"무공을 수련하는 데 가장 중요한 것이 무엇인지 아느냐? 그것은 바로 호흡이다. 바른 호흡이 바른 움직임을 이끈다. 그것은 비단 무공에 국한되는 말이 아니다. 새로운 일을 시작할 때, 가장 먼저 할 일은 마음을 안정시키고 심호흡을 하는 것이다. 겁이 나거나 당황스러운 일이 생겨도 심호흡부터 해라. 그 작은 호흡 한 번이 네가 가야 할 길을, 네가 헤아 할 일을 알려줄 것이다."

사부님의 말씀대로 가장 중요한 것은 호흡이다. 이렇게 호흡을 하다 보면 마음이 안정되고, 마음이 안정되면 불안에 눌려 생각지 못했던 것들이 떠오른다.

연이 내린 지 한 시진이 지나고 이윽고 마차가 목적지에 도착했다.

마차에서 내리는 적호를 보며 마부가 깜짝 놀랐다. 완전히 다른 사람이 되어 내린 것이다.

"누구요?"

뒷걸음질을 치다 엉덩방아를 찧었으니 변신은 완전 성공이었다.

"놀라지 마시오. 면구를 착용했소."

"아! 그렇군요."

"수고하셨소. 조심해서 돌아가시오."

적호가 따로 준비한 다섯 냥을 그에게 건넸다. 지난 열흘간 고생한 대가였다.

마부가 함박웃음을 지으며 좋아했다. 그 와중에도 신기한 듯 자꾸만 쳐다보는 마부의 반응으로 천변백면공이 얼마나 뛰어난 무공인지 확인할 수 있었다.
 마차가 돌아가고 그곳엔 적호 혼자 남았다.
 적호가 저 멀리 펼쳐진 거리를 말없이 응시했다.
 이제 이곳부터는 사악련의 영역이었다.

*   *   *

 휘각에 긴장감이 감돌고 있었다.
 모두들 숨을 죽인 채 한쪽 벽을 응시하고 있었다.
 속이 타는지 엄백양이 식은 차를 벌컥벌컥 부어 마셨다.
 모두들 말이 없었다.
 휘각을 긴장시킨 것은 흑양의 구조 요청 때문이었다.
 흑양은 일전에 탈출한 청사처럼 사악련에 잠입해서 첩보 활동을 벌이고 있었다. 그런데 이번에 그 역시 정체가 발각된 것이다.
 십이귀병이라 해서 그 구조를 무조건 십이귀병이 맡는 것은 아니었다.
 그의 구조를 위해 가장 가까운 지단의 선봉대(先鋒隊) 무인들이 투입되었다. 사악련과의 싸움이 벌어지면 가장 앞장서는 이들이었다. 용맹하고 경험 많은 무인들로 구성되어 있었다.
 일반적으로 사악련의 영역에 가까운 지단일수록 실력 좋은 무인들이 배치되었다. 선봉대 무인들 중에서도 최고의 실력을 지닌 이들이 구조를 나선 것이다. 그 인원만 삼 개 조, 무려 삼십 명이었다.

이제 그 결과가 올 시간이 된 것이다. 모두들 숨을 죽이고 결과를 기다리고 있던 참이었다.

"올해 본 각에 마가 낀 모양입니다."

임영달의 말에 홍사백이 야단쳤다.

"이놈아! 말이 씨가 된다."

"사실이잖아요."

"그래, 어제 점쟁이가 그러더라. 마가 껴서 싹 쓸려 죽을 거라고. 임씨 성을 쓰는 놈부터 죽을 거라더라."

"알았어요. 취소, 취소예요."

이리저리 서성이던 엄백양이 의자에 털썩 몸을 실었다.

그가 한숨을 내쉬었다. 휘각에 마가 낀 게 아니라 자신에게 낀 마라고 생각했다. 대공자와 삼공녀의 후계 싸움에 휘말렸을 때부터 이미 풍운은 예고되었다.

그때였다.

철컹!

기관이 움직이며 양 그림에서 멈췄다.

성— 모두가 애타게 기다렸던 보고서가 도착했다.

"흑양이 선봉대와의 접선에 실패했다고 합니다. 휠로를 서쪽으로 바꿨습니다."

"뭐야?"

임영달의 보고에 엄백양이 벌떡 자리에서 일어났다.

"자세히 보고해."

"접선 지역에 선봉대가 나타나지 않았답니다."

"빌어먹을! 대체 어떻게 된 거야? 선봉대에 다시 연락 넣어!"

이해할 수 없는 일이었다.

"대체 어떤 놈들이 따라붙은 거지?"

흑양의 실력이라면 어지간한 추격자들은 혼자서도 처리할 수 있었다.

그때였다.

철컹, 다시 기관이 움직였다. 이번에는 맹(盟)에서 멈췄다.

셩— 날아든 보고서를 읽어 내리던 임영달의 표정이 굳어졌다.

엄백양이 불길한 마음을 애써 눌렀다.

"뭐야?"

임영달이 굳은 표정으로 말했다.

"선봉대 무인들에게서 소식이 끊겼답니다."

"설마 당한 거야?"

"그런 것 같습니다."

엄백양이 책상을 내려쳤다.

"빌어먹을!"

엄백양이 벽에 걸린 지도 앞으로 걸어갔다. 신군맹의 영역을 중심으로 원을 그리며 꽂혀 있는 깃발들. 하지만 흑양을 구하기에는 모두들 멀리 있었다. 그리고 깃발은 열한 개뿐이었다.

이번 직호의 임무는 특별 임무로 취급되었다.

특별 임무가 되면 각주와 부각주에게만 따로 그에 대한 정보가 전해졌다.

각주실에서 구양서가 벽을 두드렸다. 엄백양이 돌아보니 구양서가 안으로 들어오라는 손짓을 하고 있었다.

"일단 선봉대에 다시 연락 넣고 흑양의 다음 접선지에 비선을 파견해!"

엄백양이 각주실로 들어갔다.

각주실에도 따로 보고서를 받을 수 있는 기관이 있었다.

기관의 그림은 호랑이 그림에 멈춰 있었다. 적호가 임무를 마칠 때까지 그 그림은 바뀌지 않을 것이다.

"적호가 사악련의 영역에 들어섰다는군."

"다행히 시간을 맞췄습니다."

철혈구로의 응시 시험은 내일이었다.

구양서가 미소를 지었다. 여러 난관이 있었지만 결국 그를 잠입시키는 데 성공했다.

마지막에 야공이 끼어든 것이 찝찝했지만, 어치피 상관은 없었다. 그에게 올라가는 보고는 철혈대로 암살에 관한 것만 올라갈 것이니까. 백소운 암살에 관한 것은 적호의 비선조차도 모르는 일이었으니까.

엄백양이 방금 전 상황을 보고했다.

"그리고 흑양이 선봉대와의 접선을 실패했답니다."

"그런가?"

엄백양은 구양서가 자신의 말을 흘려듣고 있다는 것을 알아차렸다. 구양서는 오직 적호의 임무에만 집중하고 있었다.

가장 가까이에 적호가 있었다. 적호를 보내면 그를 구할 가능성도 있었다. 물론 내일 시험에 응시하지 못할 가능성도 더불어 생기겠지만.

아마도 구양서는 허락하지 않을 것이다. 그래도 흑양의 위기를 그냥 두고 볼 수만은 없었다.

"흑양은……."

그때 구양서가 고개를 쳐들었다.

엄백양을 바라보는 눈빛은 엄중했다. 소탐대실(小貪大失)하지 말라는 질책이 담긴 눈빛이었다.

"다시 선봉대를 추가 파견하겠습니다."

당연히 그래야지란 눈빛으로 구양서가 고개를 끄덕였다.

엄백양이 내심 한숨을 내쉬었다. 구양서를 이해했다. 당연한 일이었다. 이번 일의 성패에 자신의 모든 것이 달렸으니.

엄백양이 벽의 호랑이 그림을 쳐다보았다.

'그래, 너라도 잘해다오.'

* * *

내일 입로시험을 앞둔 그곳은 무인들로 북적이고 있었다. 모든 주짐과 나무, 객잔은 만원을 이뤘고 길거리에는 온갖 행상들이 진을 치고 있었다. 적호가 인파 사이를 걷고 있었다.

겉으로 봐선 신군맹 영역의 거리와 다를 바 없었다.

어수룩한 초출도 있고, 제법 강단이 느껴지는 중수들과 눈빛 하나로 상대를 주눅 들게 하는 늙은 고수도 있었다. 잘생긴 청년도 있었고, 미녀 검객도 있었다.

하지만 적호는 안다. 겉으로는 비슷하지만 그들의 마음은 완전히 다르다는 것을. 그들은 다른 환경에서 다른 교육을 받으며 자랐다.

신군맹 무인들이 사악련을 증오하는 것만큼이나 이들 역시 비슷한 증오로 가득 차 있다는 것을. 이들에게 악의 축은 바로 신군맹이다.

그들 모두가 한껏 들뜬 표정이었다. 내일 있을 철혈구로의 입로시험은 위험천만한 시험임과 동시에 축제이기도 했다. 누가 죽고 누가 뽑힐지 모두들 그 이야기에 열을 올렸다.

인파 사이를 걷던 적호가 사람들로 북적대는 객잔으로 들어섰다. 손님은 모두들 병장기를 착용한 무인들이었다.

점소이 하나가 쪼르르 달려왔다.

"식사는 가능하신데 객실은 다 찼습니다."

"예약해 두었네."

"아, 그러시군요. 성함이 어떻게 되십니까?"

"양현."

책자를 넘겨보던 점소이가 이름을 찾아냈다.

"아, 여기 있군요. 저를 따라오시죠."

점소이가 방으로 적호를 안내했다. 침상 하나와 다탁이 전부인 작은 방이었다. 그나마 햇살이 들어오는 창문이 있어 답답함이 덜했다.

"식사는 어떻게 하시겠습니까?"

"준비되면 말해주게. 내려가서 먹지."

"손님이 많이 밀려 반 시진쯤 걸릴 겁니다."

점소이가 물러가자 적호는 가지고 온 짐을 풀었다. 가장 먼저 꺼낸 것은 갈색의 가죽대와 작은 목곽이었다.

가죽대는 가슴에 차는 것이었는데, 앞쪽에 비수를 꽂을 수 있게 되어 있었다.

상자를 열자 비수 스무 자루가 차곡차곡 포개져 있었다.

적호가 능숙한 손길로 비수를 꺼내 가죽대에 꽂았다. 스무 개의 비수가 아래위로 교차하면서 모두 꽂혔다.

적호가 그것을 가슴에 찼다. 자주 쓰는 것이어서 그것은 몸에 착 감겼다. 단지 비수를 보관하는 기능만 하는 것은 아니었다. 가죽대는 아주 질기고 튼튼했고 그 앞에 쇠로 만들어진 비수까지 있어서 가슴을 보호하는 역할까지 해주었다.

쉭쉭쉭!

적호의 손에서 비수가 날았다.

팍팍팍!

비수가 창틀에 일렬로 박혔다.

적호가 이번에는 손바닥만 한 크기의 납작한 상자를 꺼냈다. 상자를 열자 길고 가는 약병 다섯 개가 나란히 들어 있었다. 기본적인 독을 해독할 수 있는 해약과 지혈제와 금창약, 그리고 내공 회복을 돕는 약이었다. 모두들 간단히 사용할 수 있는 일회용이지만, 위급한 상황에 목숨을 구할 수 있는 것들이었다.

적호가 상자를 가죽대 안쪽에 마련된 주머니에 넣었다. 약 상자의 보관을 위해 따로 만든 주머니였다.

그 외에 물품들은 생활용품들이었다. 갈아입을 무복 한 벌과 약간의 돈, 비상시에 먹을 수 있는 건량과 육포였다. 그것들을 매고 다닐 수 있도록 만든 가죽 주머니에 넣었다.

그리고 마지막으로 검 한 자루.

이것들이 작전을 나갈 때 적호가 기본적으로 지니는 것들이었다.

적호가 창가로 걸어갔다. 창틀에 박힌 비수를 뽑으면서 밖을 쳐다보았다.

여전히 거리는 북적대고 있었다. 내일 시험에서 다시 만날 얼굴들이었다.

반드시 합격해서 잠입에 성공해야 한다. 사실 합격이 문제가 아니었다. 자신의 실력과 정체를 들키지 않아야 했다.

적호가 벽 한옆에 붙은 작은 동경 앞에 섰다.

낯선 얼굴에서 긴장감이 느껴진다. 적당한 긴장은 나쁘지 않지만, 이렇게 굳어 있어선 곤란하다.

적호가 표정을 풀려는 듯 활짝 웃어보았다. 여러 표정을 지어보던 적호가 정중하게 말했다.

"반갑소, 양현이오."

마음에 안 드는지 적호가 다른 어조로 말했다.

"반갑습니다. 전 양현이라고 합니다."

부드럽게도 했다가 다시 강하게도 했다가, 여러 어조를 연습했다.

여러 표정과 말투를 거치면서 동경 속의 양현은 점점 그만의 개성을 찾아가고 있었다. 연습을 대충 마쳤을 때, 적호의 표정은 다시 굳어져 있었다. 적호는 알고 있었다. 백소운이란 자를 죽이는 것이 이번 임무의 끝이 아니란 것을. 그를 죽이는 데 성공하는 순간, 자신에게 새로운 임무가 주어진다는 것을.

그것은 휘각에서 내려오는 임무가 아니었다.

자신의 운명이 내리는 임무였다.

임무의 목적은 생존이었다.

그때 문밖에서 점소이의 목소리가 들렸다.

"손님, 아래층에 식사 준비되었습니다."

"알았네."

적호가 검을 챙겨 들고 일층으로 내려갔다.

구석 자리에 식사가 차려져 있었다.

시끌벅적한 그곳은 온통 내일 있을 시험에 대한 이야기뿐이었다. 적호 근처의 두 사내도 응시자인 모양인데 그 이야기에 한창이었다.

"작년 응시 때 백 명 이상이 죽었다던데, 설마 사실일까?"

"과장된 소문 아니겠나? 설마 백 명이나 죽었을라고."

"자신만만하게 응시했던 하남유룡(河南幼龍)이 죽다 살아났다더군. 소문만은 아니란 말이지."

"그는 하남의 가장 유명한 신진고수가 아닌가?"

"그가 그랬다더군, 살아남은 것이 행운이라고. 두 번 다시 철혈구로의 시험에는 응시하지 않겠다고."

"그래도 설마?"

사내가 믿지 못하는 것은 워낙 철혈구로의 입로시험에 대한 과장된 소문들이 많기 때문이다. 오십 장 절벽에서 뛰어내리게 했다는 등, 한곳에 몰아넣고 무작정 생사혈전을 벌이게 했다는 등, 갖가지 믿을 수 없는 소문들이 많았다.

대다수 소문을 내는 사람들은 불합격한 사람들이었다. 합격한 이들은 강호에서 사라졌으니까, 불합격한 사람들이기에 당연히 과장되게 부풀린다고 모두들 생각했다. 그래서 진짜 수

기지발휘 29

백 명씩 죽어나간다는 말을 믿는 사람은 많지 않았다.

"만약 자네 말이 사실이라면, 이거 갑자기 자신이 없어지는걸. 하남유룡도 붙지 못한 시험인데."

"하지만 그런 곳에 붙는다고 생각해 보게. 그만한 명성이 어디 있겠나?"

"대운이 따라주길 바라야지. 자, 한잔하세."

적호는 그들의 이야기를 들으며 묵묵히 식사만 했다.

과장된 소문이 아니란 것을 적호는 안다.

악명은 때론 권위를 만들기도 한다. 악명이 높을수록 권위도 높아진다. 철혈구로가 선택한 방식이었다. 그것은 곧 사악련의 통치 원리와도 이어져 있었다.

그들 말고도 여러 이야기들이 오고 갔지만 대부분 앞서 두 사내의 대화와 비슷했다. 더 듣고 있을 이유가 없었다.

음식을 다 먹고, 적호가 미련없이 자리에서 일어났다.

"맛있게 드셨습니까?"

음식을 치우러 온 점소이에게 적호가 동전 하나를 쥐어주었다.

"내일까지 푹 쉴 테니 깨우지 말도록."

"아무렴요."

함박웃음을 짓는 점소이를 뒤로하고 이층 객실로 올라왔다.

적호는 정말 지금부터 푹 잘 생각이었다. 내일부터 며칠간 꽤나 피곤한 일정이 이어질 것이다. 많은 사람들이 혹시나 무슨 도움이 될 이야기나 주워 들을까 객점을 어슬렁거리고 있었다. 하지만 진짜 도움이 될 정보가 경쟁자들 사이에서 나올 리 없다.

　푹 쉬는 것이 최고의 선택이다.

　　　　　*　　　　*　　　　*

　다음날, 철혈구로의 시험을 위한 일차 집결지인 사악련 소호(巢湖) 지부의 건물 앞으로 무인들이 모여들기 시작했다.

　모두들 긴장한 표정이었고, 단단히 결심을 한 모습들이었다. 십대 젊은이부터 삼십대 중년까지 다양한 연령대의 무인들이었다. 그 숫자가 셀 수 없이 많았는데 얼핏 봐도 천 명은 족히 되었다.

　적호도 그 속에 끼어 있었다.

　적호는 그들 사이에 조용히 서 있었다. 주위 사람과 눈도 마주치지 않았다. 어디까지나 눈에 띄지 않으려는 노력이었다.

　건물 벽에 커다란 종이가 다섯 장 붙어 있었다.

　일(一)에서 오(五)까지 나뉜 다섯 장의 종이에는 응시자들의 이름이 적혀 있었는데, 각각 숫자가 지정되어 있었다. 적호는 세 번째 장의 십이번이었다.

　다들 자신이 숫자를 확인했다. 좋아하는 숫자가 걸렸다며 환호하는 사내도 있었다. 일번에 걸린 이들은 긴장했고, 마지막 번호에 걸린 이들은 인상을 찡그렸다. 자고로 사람 마음이야 다 비슷한 법이었다. 처음과 마지막은 피하고 싶은 것이다.

뎅— 뎅—

건물 안에서 시작을 알리는 종소리가 두 번 들려왔다.

웅성거리던 그곳이 일시에 조용해졌다.

정확히 약속된 시간에 문이 열렸다.

삼십여 명의 사내가 걸어나왔다. 위협적으로 복면을 쓴 그들은 이번 시험의 교관들이었다. 눈빛은 매섭고 날카로웠는데 천여 명의 군웅들 앞에서도 그들은 조금도 주눅 들지 않았다.

뒤이어 나온 일반 무인들이 입구에 다섯 개의 탁자를 설치했다. 그곳에 다섯 명의 심사관이 자리를 잡았다.

"자신의 숫자에 맞게 줄을 서시오!"

교관의 외침에 응시자들이 각자 자신의 숫자에 맞춰 줄을 섰다. 적호는 세 번째 줄의 열두 번째에 섰다.

"응시패와 신분패를 제시하시오!"

맨 앞줄 사내부터 신분 확인이 이루어졌다. 확인 작업은 꼼꼼하고 철저했다. 서류를 살피던 심사관이 불쑥 물었다.

"일곱 살 때 키우던 개 이름이 뭐요?"

"뭐요?"

사내는 순간 생각이 나지 않은 모양이었다. 우물쭈물 대답을 망설이는데 심사관이 냉정하게 말했다.

"탈락! 다음!"

사내가 황당하단 표정을 짓다가 이내 버럭 소리쳤다.

"이 무슨 말도 안 되는 짓이오! 난 신분이 확실하단 말이오!"

그때였다.

부웅— 뒤에서 누군가 허공을 가르며 날아왔다.

퍽!

너무 빠른 공격이라 미처 피하지 못하고 사내가 뒤로 튕겨져 바닥을 뒹굴었다. 공격을 가한 사람은 뒤에 서 있던 교관이었다. 바닥에 쓰러진 사내를 내려다보며 교관이 차갑게 말했다.

"네가 그 본인이든 아니든 상관없다. 우린 기억력이 없는 놈은 사절이다!"

그 모습에 모두들 깜짝 놀랐다. 생각지도 못한 일에 웅성거림이 커졌다.

그때 교관들 뒤에서 사십대의 중년 사내가 걸어나왔다.

그가 바로 교관들의 수장이자 이번 시험의 책임자인 석파양(席巴楊)이었다.

"신군맹 잡종들의 세작질이 극에 달했기에 올해부터 좀 더 까다롭게 뽑으려 한다. 그러니 그렇게 알도록."

이미 사악련 측에서는 따로 사람을 동원해 응시자들의 배경 조사를 모두 마친 상태였다. 그리고 본인이 아니면 절대 알 수 없는 질문을 준비해 둔 것이다.

적호의 표정이 굳어졌다. 전혀 예상치 못한 일이었다. 앞서의 질문으로 볼 때 서류상의 기록들만 외운다고 통과할 수 있는 것이 아니었다. 처음부터 큰 난관에 부딪친 것이다.

모두들 난감한 표정을 지었다.

그때 옆줄의 청년이 적호의 눈에 띄었다. 그는 여유롭게 미소를 짓고 있었는데, 적호는 본능적으로 느꼈다. 그가 이 돌발 질문에 대해 미리 알고 있었다고.

자신만만한 눈빛이나 복장으로 짐작할 때 명성 높은 가문의 후예였다.

"내게 무슨 용건이라도 있소?"

적호의 시선을 느낀 그가 까칠한 어조로 물었다.

"아니오."

적호가 겁먹은 듯 고개를 돌렸다.

당연히 이런 경우가 있으리라 생각했다. 권력이 집중되는 곳에는 언제나 부패가 따르게 마련이니까.

줄줄이 탈락자가 속출했다. 줄을 선 사람들은 모두들 신원이 확실한 자들이었다. 하지만 오래전 일들을 기억하는 이들은 많지 않았다. 옆집에 살았던 이웃의 이름을 묻기도 했고, 동네의 가장 큰 무관 이름을 묻기도 했다.

물론 기억하는 이들도 있었다. 셋 중 하나는 입구를 통과했다.

그렇게 조사 작업이 진행되었고, 이윽고 적호 차례가 되었다.

"열다섯 살에 사귀었던 여인의 이름은?"

예상대로 모르는 질문이었다.

조사관이 탈락이란 말을 꺼내려는 그 순간.

퍽!

적호가 조사관의 얼굴을 사정없이 걷어찼다.

조사관이 외마디 비명과 함께 바닥을 굴렀다.

모두들 깜짝 놀라 그를 쳐다보았다. 뒤에 서 있던 교관들이 검을 뽑아 들며 위협적으로 다가섰다.

"무슨 짓이냐?"

적호가 인상을 쓰며 대답했다.

"그년 생각만 하면 화가 나서 말이오!"

적호가 책상 위에 있던 자신의 서류를 집어들어 입에 넣었다. 그리고 우걱우걱 씹어서 삼켜 버렸다.

"생각만 해도 그년을 씹어 먹고 싶소."

교관이 황당하단 표정을 지었다.

"이 새끼가?"

적호가 뒤늦게 대답했다.

"그년 이름은 홍매요."

적호가 천연덕스럽게 여인의 이름을 대답하자 교관이 어이없다는 표정을 지었다.

교관이 쓰러진 조사관을 쳐다보았다. 저 대답이 맞는지 묻자 조사관이 알 수 없다며 고개를 내저었다. 아래쪽의 답을 확인하기도 전에 얻어맞은 것이다. 게다가 정답이 적힌 서류는 이미 적호가 삼켜 버린 후였다.

교관이 눈을 부라렸다.

"당장 저 미친놈을 체포해!"

다른 교관들이 우르르 달려나오려는데, 누군가 큰 소리로 웃었다.

"하하하하!"

웃음을 터뜨린 사람은 석파양이었다.

"새파란 놈이 제법 재치가 있군."

적호가 어깨를 으쓱해 보였다.

"원래 제가 비상식적인 일에 흥분을 잘합니다."

"게다가 우릴 꾸짖기까지 한다? 하하하!"

석파양이 호탕하게 웃으며 교관들에게 소리쳤다.

"이놈은 통과시켜!"

"알겠습니다."

적호가 노린 것도 바로 이런 결과였다. 본능적인 임기응변이 통한 것이다. 주목을 받기 싫었지만 어쩔 수 없었다. 처음부터 떨어질 수는 없는 노릇이었으니까.

석파양이 모두에게 내공을 실어 말했다.

"운이 좋은 것도 단 한 번뿐이다. 지금부터 같은 짓을 하는 자는 목을 벤다!"

같은 방법을 쓰려고 벼르던 이들의 인상이 구겨졌다.

신분 확인 작업은 계속되었다. 입구에서 신분 확인을 제대로 못해 돌아간 이들이 통과한 이들보다 더욱 많았다.

하지만 원체 지원자가 많아서 정문을 통과한 사람은 삼백 명이 넘었다.

한마디로 완전 운으로 결정되었는데, 적어도 신분 확인은 확실하게 이뤄졌다. 떨어진 사람들 중에는 통과한 사람보다 더 실력이 뛰어난 이들도 많았다.

하지만 주최측에서는 그에 대해 전혀 미련을 갖지 않았다. 뽑아야 될 사람이 몇십 명이라면 모를까 어차피 올해 뽑아야 할 인원은 단 네 명이었다.

운도 실력이란 말을 적용해도 아쉬울 것이 없었다. 남은 고수들만 해도 숫자는 충분했으니까.

첫 번째 과정을 통과한 삼백 명의 응시자들이 커다란 연무장에 모였다.

교관들이 나서서 무엇인가를 나눠주었다. 그것은 서약서였다. 시험을 치르다 죽게 되더라도 사악련에서는 책임을 지지 않는다는 일종의 각서였다.

목숨을 담보로 한 각서까지 쓰자 분위기가 가라앉았다. 물론 그 와중에도 사내라면 미래를 위해 목숨을 걸어야 한다며 허세를 부리는 이들도 있었지만 대부분은 긴장한 채 다음 순서를 기다렸다.

모두들 서명을 하자 교관들이 그것을 거둬갔다.

기지발휘 37

이윽고 석파양이 단상 위로 올라왔다. 석파양 뒤로 삼십여 명의 교관이 줄지어 섰다.

숨죽이고 서 있는 일행들을 둘러보며 그가 담담히 말했다.

"알다시피 철혈구로의 시험은 일반 시험과는 차원이 다르다. 모두들 알고 있겠지?"

"네, 알고 있습니다!"

모두들 우렁차게 대답했다.

"작년 시험에 응시했다가 죽은 자들이 몇인지 아나? 정확히 아흔아홉이다. 그리고 장담하건대 올해의 시험은 작년보다 훨씬 더 위험하다."

모두들 침을 꿀꺽 삼켰다. 석파양이 입구를 가리키며 소리쳤다.

"지금이라도 늦지 않았다! 돌아갈 사람은 당장 돌아가라!"

물론 아무도 돌아가지 않았다.

"지금 나간다고 겁쟁이가 절대 아니다. 나는 그대들에게 기회를 주고 있는 것이다. 목숨을 구할 기회를."

여전히 아무도 움직이지 않았다. 군중심리가 작용했다. 지금 이 분위기에서 앞장서 나가는 것은 쉬운 일이 아니었다.

석파양이 조소했다.

"용기가 가상한 멍청이들이군."

석파양이 손으로 신호를 보내자 그들이 들어왔던 문이 굳게 닫혔다. 이제 더 이상 돌아갈 수 없다는 듯. 긴장감이 한껏 고조되었다.

석파양이 모두를 한 번 둘러본 후 나직이 말했다.

"일차로 딱 반만 추리겠다."

그리고는 단상을 내려가 버렸다. 그가 뒤쪽 건물로 들어가자, 줄지어 서 있던 교관들도 그 뒤를 따라 들어갔다.

무슨 일인지 몰라 모두들 어리둥절한 표정을 지었다.

사방의 동요가 웅성거림이 되던 그때, 적호는 위험을 감지했다.

다음 순간!

찰캉! 찰캉! 찰캉!

사방의 땅바닥에서 시커먼 쇳덩이가 튀어나왔다. 암기를 발출하게 만들어진 기관장치였다. 그곳에서 암기가 쏟아졌다.

슝슝슝슝슝!

훈련용으로 만들어진 암기가 아니라 실제 살상용 암기였다.

"아악!"

"피해라!"

가장 가까이 있던 몇 사람이 암기를 맞고 쓰러졌다. 설마 진짜 자신들을 공격할 줄 몰랐기에 그 희생은 더욱 컸다. 뒤늦게 정신을 차린 무인들이 사방으로 몸을 날렸다. 그곳은 순식간에 아수라장이 되었다.

슝슝슝슝슝!

암기는 사방에서 쏟아졌고, 암기를 피하지 못한 이들이 속수무책으로 쓰러졌다.

적호는 침착했다.

창창!

자신에게 날아든 암기를 검으로 쳐냈다.

사실 조심해야 할 것은 암기가 아니었다. 암기란 자고로 소리없이 날아오는 것이 무서운 법이다.

지금 기관에서 날아드는 암기는 일정한 강도와 일정한 방향으로 날아들었다. 하지만 그것만으로 충분히 위협적이었다. 당황한 군웅들이 이리저리 날뛰는 바람에 장내가 엉망이 된 탓이다.

정작 두려워해야 할 것은 암기가 아니라 주변의 눈먼 검들이었다. 흥분한 이들이 마구잡이로 검을 휘둘러 대고 있었다.

"으아아악!"

흥분한 사내 하나가 검을 휘두르며 달려들었다.

적호가 가볍게 피하며 자리를 옮겼다. 뒤쪽의 사내가 달려들던 그를 베어버렸다. 낭패한 표정을 짓던 그가 날아든 암기를 맞고 쓰러졌다. 그야말로 이곳은 아수라장이었다.

이층 건물에서 시선들이 느껴졌다. 석파양을 비롯한 교관들이 자신들을 주시하며 지켜보고 있었다.

너무 띌 필요도 없고, 너무 약한 척할 필요도 없었다. 적당히, 적당히.

그때 적호의 눈에 앞서 그 귀공자 청년이 들어왔다. 그는 침착하게 암기를 쳐내고 있었는데, 과연 제법 실력이 있었다.

그뿐만 아니라 평정심을 찾은 무인들은 침착하게 암기를 튕겨내고 있었다.

재수없게도 옆 사람에 의해 튕겨진 암기에 죽는 사람도 있었다. 대부분 의도하지 않은 사고였는데 그렇지 않은 경우도 있었다.

주위를 살피던 적호의 눈에 생각지 못한 광경이 들어왔다.

팅팅팅!

한 사내가 검으로 암기를 튕겨내고 있었다.

그리고 그 암기는 어김없이 주위에 있던 다른 사내들의 몸에 날아가 박혔다.

"크악!"

하지만 아무도 그가 그런 짓을 하고 있다는 것을 알아차리지 못했다.

적호의 시선을 느낀 그가 힐끔 돌아보았다.

눈이 마주치자 사내가 적호를 보며 히죽 웃었다. 그 웃음에 방금 전 행위의 의도가 모두 담겨 있었다. 경쟁자를 해치우려는 목적이 아니었다. 장난으로 사람을 죽이고 있었던 것이다.

예전에 야수당을 몰살시킨 자와 비슷한 느낌이었다. 물론 그자는 아니었다.

그에 비해 부공이 훨씬 약한 놈이었다. 이놈이 제대로 무공을 배워 성장하면 그때의 그자가 될 것 같았다. 마음 같아선

싹을 제거해 버리고 싶었지만 그런 눈에 띄는 행동을 할 순 없었다.

핑!

사내가 튕겨낸 암기를 적호 쪽으로 날렸다.

적호가 고개를 기울여 가볍게 피했다.

사내가 더욱 크게 웃었다. 그 모습에 적호가 몸을 돌려 버렸다. 자신에게 더 흥미를 가지기 전에 피해 버린 것이다.

그때 누군가 적호를 보며 말했다.

"음사권(陰射拳)이란 놈이오. 일검십살(一劍十殺) 풍양(豊楊)의 제자로 안하무인에 잔혹무도한 놈이지요."

말을 해준 사람은 비슷한 또래의 사내였다. 푸근하고 친근한 인상이었다.

"난 소붕(召鵬)이오. 반갑소."

창창!

인사를 하면서 소붕이 날아든 암기를 가볍게 튕겨냈다. 그 역시도 나이에 비해 무공의 성취가 깊었다. 앞서 귀공자 놈보다 확실히 한 수 위였다.

사방에서 암기가 날아드는 상황에서 인사를 건네는 여유만 봐도 평범한 자는 아니었다.

적호가 왜 자신에게 관심을 보이느냐는 눈빛을 보내자 소붕이 씩 웃었다.

"아까 입구에서 봤소. 그대의 재치에 진심으로 감탄했소.

아! 조심하시오!"

소붕이 몸을 날려 적호의 뒤쪽에서 날아들던 암기를 검으로 쳐냈다.

"고맙다는 인사는 안 하셔도 되오."

정말 그러겠다는 듯 적호가 말없이 다른 곳으로 걸어가 버렸다.

그 뒷모습을 보며 소붕이 싱긋 웃었다.

"그러니까 더 매력있잖소?"

팅!

적호가 자신에게 날아든 암기를 소붕에게 튕겨냈다.

"어이쿠!"

나 죽는다는 과장된 몸짓을 하며 소붕이 엄살을 피웠다. 물론 암기는 가볍게 튕겨냈다.

슝슝슝슝슝슝슝!

절정에 이른 기관이 미친 듯이 암기를 뿜어내었다. 속도는 더욱 빨라졌고, 암기의 숫자는 배가되었다.

하지만 이젠 암기에 쓰러지는 이들은 없었다.

이미 암기를 감당 못할 무인들은 거의 다 걸러진 것이다.

그리고 마침내.

끼리리리링.

요란하게 톱니 돌아가는 소리가 나더니 이윽고 기관이 멈췄다.

기지발휘 43

장내의 상황은 그야말로 참혹했다. 죽은 사람이 오십여 명이 넘었고 다친 사람만 백여 명에 이르렀다.

건물에서 석파양과 교관들이 다시 걸어나왔다.

석파양이 단상에 올라섰다.

"한 방울이라도 피를 본 자는 지금 당장 떠나라!"

대문이 다시 열렸다. 무인들이 들어와 죽은 시신들을 끌어서 내갔다. 이미 서약서까지 쓴 그들이었다. 시험 내용에 대해 누구도 항의하지 못했고 죽은 사람들만 불쌍할 뿐이었다.

부상당한 무인들이 상처를 부여 쥐고 그곳을 벗어났다. 그나마 살아남은 것이 다행이었다.

남은 사람은 이제 백오십여 명이었다. 석파양이 그들을 돌아보며 조소했다.

"그나마 좀 낫군, 악취는 여전하지만."

주위를 둘러보던 석파양이 다시 소리쳤다.

"다음 쓰레기 처리장으로 이동한다!"

第十二章
사도십객

절대
강호

두 번째 시험을 치르기 전에 다시 포기할 기회가 주어졌다.
일차를 무사히 넘긴 이들이었기에, 역시 포기하는 이는 아무도 없었다.
"모두 십 열로 맞춰 선다!"
교관의 명령대로 모두들 열 명씩 줄을 맞춰 섰다.
그러자 반대쪽에서 열 명의 교관이 앞으로 나섰다.
"이십 초를 견디면 통과다."
응시자들의 표정이 굳어졌다. 앞서의 관문으로 볼 때 그냥 단순한 미무가 아니었다. 이십 초를 버티면 된다는 말은 바꾸어 말하면 이십 초를 견디지 못하면 죽을 수도 있다는 것이었다.

과연 교관들은 짙은 살기를 내뿜고 있었다.

"일렬 앞으로!"

가장 앞줄에 선 열 명이 긴장된 얼굴로 나섰다.

그들 중 한 명이 손을 들었다. 적호가 보니 그는 앞서 장난으로 사람을 죽이던 그 잔인한 놈, 음사권이었다.

교관 대신 석파양이 나서서 물었다.

"뭔가?"

그를 대하는 눈빛으로 볼 때 석파양은 그에 대해서 이미 알고 있었다. 사부가 유명한 사파의 고수였으니 알 만도 했다.

음사권이 히죽 웃으며 물었다.

"교관을 죽여도 됩니까?"

교관들이 일제히 살기를 뿜어냈다. 그에 비해 음사권은 여유만만이었다.

석파양이 나직이 말했다.

"물론이다! 특히 넌 그들을 자극했으니 최선을 다해야만 살 수 있을 것이다."

"그럽지요."

한옆의 또 다른 교관이 소리쳤다.

"시작!"

열 개 조의 비무가 동시에 시작되었다. 말이 비무였지 혈투였다.

적호는 물론이고 대기하던 이들은 모두 음사권의 비무를 지켜보았다.

쉭쉭쉭쉭!

교관의 검이 매섭게 음사권의 목을 노렸다. 하지만 음사권은 여유롭게 검을 피했다.

적호는 음사권의 움직임을 보면서 그의 수준을 단번에 알아차렸다. 확실히 나이에 비해 성취가 높았다. 오만을 떨어도 될 만했다. 적호가 느끼기엔 귀공자청년과 소붕, 그리고 음사권의 실력이 거의 엇비슷했다.

십구 초가 순식간에 지나고 이십 초가 되는 그 순간.

푸욱!

"끄윽!"

비명 소리의 주인공은 교관이었다. 더구나 수치스럽게도 그는 자신의 검을 빼앗겨 그것으로 목이 찔린 것이다. 절명한 교관이 그대로 꼬꾸라졌다.

음사권은 일부러 이십 초에 맞춰 교관을 죽인 것이다. 동료의 죽음에 교관들이 이를 갈았지만 음사권은 조금도 개의치 않았다. 오히려 그는 이 상황을 즐기고 있었다.

그때 적호 뒤에서 소붕이 속삭였다. 그가 뒤에 선 것을 알았지만 애써 모른 척하던 적호였다.

"제 사부를 믿고 서리 설쳐 대는 거라오."

그러는 넌 누굴 믿고 이렇게 친한 척하는 거냐고 묻고 싶었

사도십객 49

지만, 적호는 아무 말도 하지 않았다. 한마디를 받아주면 열 마디를 할 것 같아서였다.

그렇게 첫 번째 비무가 끝이 났다. 음사권을 상대했던 교관을 제외하고 응시자 둘이 죽었다.

"다음!"

교관들이 교체되었고 다시 비무가 계속되었다.

탈락자가 속출했다. 죽지 않더라도 부상만 당해도 탈락이었다. 끝까지 버티려다 목숨을 잃는 이들도 생겼다.

교관들은 냉정했다. 억지로 죽이러 달려들진 않았지만 상대가 죽든 말든 상관하지도 않았다. 물론 교관이 다치는 경우도 있었다. 잘 훈련된 그들은 동요없이 비무에 임했다.

전체적으로 교관들이나 일반 응시자들의 무공 수준은 일류에서 조금 모자라는 정도였다. 물론 같은 일류라도 여러 수준으로 나뉘는데, 앞서 말한 셋이 이제 막 일류에 들어선 이들이었다. 이렇게 보면 큰 차이가 없는 것 같지만, 일류와 이류, 애초에 다른 부류였다. 결국 넘어서기 쉽지 않은 실력 차였다.

이윽고 적호 차례가 되었다.

교관이 적호를 보며 싸늘히 웃었다. 기선을 제압하려는 의도였다.

창! 창창!

적호는 이십 수를 버티는 것보다 차라리 기습으로 이겨 버리는 것이 실력을 들키지 않는 길이라 판단했다.

창창창창!

일차로 밀어붙이던 교관의 공격을 막아냈다.

거의 쌍벽을 이루는 것처럼 보이도록 힘을 배분했다.

쉭!

적호가 교관의 어깨 쪽으로 검을 흘렸다. 허초였다.

"어림없다!"

일갈을 내지르며 교관이 몸을 틀어 피했다. 그 순간, 적호의 검이 갑자기 이상한 방위로 휘었다.

푹―

적호의 검이 교관의 팔을 찔렀다. 교관이 외마디 비명을 지르며 검을 떨어뜨렸다. 순식간의 일이었다.

교관이 피가 뚝뚝 떨어지는 상처를 살피기에 앞서 어리둥절한 표정을 짓고 서 있었다. 허수에서 실제 공격으로 이어지는 흐름이 너무 자연스럽고 정교해서 피할 수 없었던 것이다.

지켜보고 있던 석파양이 다가왔다.

"실력이 제법이군."

석파양은 입구에서의 일로 적호를 눈여겨보고 있던 터였다.

"이 정도 실력은 되어야 철혈구로에 들어갈 수 있겠지요."

적호는 일부러 건방진 태도를 보였다.

"언제까지 운이 닿는지 지켜보지."

적호의 의도는 주효했다. 돌아서는 석파양이 내심 '보기보단 애송이군'이란 생각을 한 것이다.

사도십객 51

그렇게 적호가 두 번째 관문을 통과했다.

*　　　*　　　*

갈대가 갈라지며 사내의 얼굴이 드러났다.

눈동자를 좌우로 빠르게 움직이고는 이내 그의 얼굴이 갈대 속으로 사라졌다.

사사사사삭.

사내가 갈대숲을 헤치며 앞으로 나아갔다.

그는 신중히 이동하고 있었다. 마치 달팽이가 기어가는 것처럼 천천히 가다가도, 어느 순간에는 뱀처럼 빠르게 기었다.

도주에 있어서는 진심으로 자신있었던 그였다.

하지만 그는 지난 며칠간 단 한 사람의 추적자를 떨쳐 내지 못하고 있었다.

도주 중인 사내는 바로 흑양이었다. 십이귀병들 중에서 청사와 더불어 세작 임무에 특화된 그였다. 특기가 특기인만큼 달아나는 것에는 일가견이 있었다.

하지만 추적자는 집요했다. 자신이 떨쳐 내려고 아무리 노력해도 놈은 그림자처럼 따라붙었다.

접선 장소에서 선봉대를 더 이상 기다리지 못한 것도 놈의 추적 때문이었다.

하지만 흑양은 선봉대에 미련을 두지 않았다. 선봉대에 문제가 생겼다고 그는 확신했다.

그러면서도 그는 단지 그들이 약속 시간에 늦은 것이기를 간절히 바랐다. 그들이 당한 것이라면, 추적자가 하나가 아니란 의미였으니까.

자신을 쫓는 추적자가 그들을 해치운 것이라면 상황은 더욱 끔찍했다. 그 정도의 인물이라면… 자신은 반드시 죽게 될 것이다.

흑양은 결국 마지막 선택을 할 수밖에 없었다.

비선의 도움을 청한 것이다.

해서는 안 될 선택이었다. 작전에 비선은 절대 개입하지 못하게 되어 있다.

하지만 반드시 전해야 할 정보가 있었다.

그 어떤 위험을 감수하더라도 전해야 했다.

이 정보를 얻기 전까지만 해도 청사가 운이 나빴다고 생각했다.

비록 여자지만 청사의 실력이 보통이 아님을 익히 들어왔다. 특히 세작에 특화된 자신이었기에 그녀에 대한 관심이 더 많았다.

…하지만 그녀는 운이 나빴던 것이 아니었다.

사사사삭.

흑양은 비선을 만나기로 한 장소에 거의 도착했다.

갈대숲을 지나면 강이 나왔다. 강가의 작은 나루터가 비선과 접선하기로 한 장소였다. 비선이 자신의 요구에 응할지 응하지 않을지는 알 수 없었다. 흑양이 마지막 믿을 것은 그뿐이었다.

그때 흑양의 움직임이 딱 멈췄다. 재빨리 땅바닥에 귀를 가져다 댄 그의 인상이 일그러졌다.

'빌어먹을! 벌써 따라붙었군.'

추적자였다. 굳이 추적을 숨기지 않는 이 자신만만한 보법, 치를 떨 정도로 무섭고도 집요한 놈이었다.

흑양이 기척을 최대한 감췄다.

휘리리릭.

추적자가 십여 장 밖 갈대숲 가운데에 내려섰다.

직접 보진 않았지만 그가 주위를 둘러본다는 것이 느껴졌다.

흑양은 숨까지 참으며 버텼다. 그도 흑양도 움직이지 않았다. 숨 막히는 시간이 계속 흘렀다.

그러던 어느 순간.

사악, 사악.

갈대가 갈라지는 소리가 들렸다. 놈이 움직이기 시작했다.

'제발! 제발 반대쪽으로 가라!'

갈대 소리가 멀어졌다.

그래, 제발 그냥 가라.

참았던 숨을 조금씩 약하게 내쉬었다.

퉁—

다음 순간 땅에서 느껴지는 가벼운 진동.

흑양의 눈빛에 힘이 들어갔다. 놈이 땅을 박찬 것이다.

'들켰다!'

파파파팍!

흑양이 미친 듯이 앞으로 기었다.

쇄애애애애액!

흑양이 있던 자리에 검기가 쏟아졌다. 갈대가 일렬로 잘려 나가며 쓰러졌다.

복면사내가 무서운 속도로 흑양을 뒤쫓았다.

엎드려서 달리던 흑양이 몸을 박차 날아올랐다. 놈에게 발각된 이상 숨어서 달리는 것은 의미가 없었다.

쉬이이익!

세찬 바람 소리와 함께 무엇인가 날아들었다.

흑양이 몸을 날렸다.

검기가 발밑을 스치듯 지나갔다.

핏!

흑양의 왼팔에서 피가 튀었다.

한 줄기인 줄 알았던 검기는 두 줄기였다. 마지막 순간, 몸을 비틀지 않았으면 팔이 떨어져 나갔을 것이었다.

흑양이 갈대숲을 벗어나며 몸을 날리는 순간, 그의 표정이 밝아졌다.

저 멀리 강가에 서 있는 복면사내, 그는 바로 자신의 비선인 인(忍)이었다.

흑양이 몸을 비틀며 추적자 쪽으로 돌아서며 외쳤다.

"가서 전해! 휘각 내에 배신자가 있다고! 빨리 가! 달아나!"

흑양의 정보는 바로 그것이었다. 목숨을 걸어야 할 만큼 엄청난 정보였다.

인이라면 이곳에서 탈출할 수 있을 것이라 믿었다. 그들의 경공술은 최고니까. 자신이 추적자를 막아서 시간까지 끌어준다면 인은 반드시 탈출에 성공할 것이다.

뒤따르던 추적자가 삼 장쯤 떨어진 곳에 멈춰 섰다.

그가 천천히 걸어나왔다. 갑자기 그가 느긋하게 나오자 흑양의 가슴이 섬뜩해졌다.

등 뒤에서 느껴지는 불길함.

흑양이 힐끔 뒤를 돌아보았다.

흑양의 눈이 부릅떠졌다.

"인!"

인은 여전히 그 자리에 서 있었다.

그리고 다음 순간.

쿵!

인이 그대로 앞으로 쓰러졌다.

흑양의 가슴이 철렁 내려앉았다. 머릿속이 하얗게 비어버리는 것만 같았다.

"…인!"

이미 그는 죽은 후였다.

그 뒤에 누군가 서 있었다. 다급한 나머지 인이 죽은 것도, 그 뒤에 또 다른 사내가 있었던 것도 보지 못한 것이다.

인의 뒤쪽에 서 있던 사내도 추적자와 마찬가지로 복면을 착용하고 있었다.

사내의 손에 들린 검에서 피가 뚝뚝 떨어지고 있었다. 인의 피였다.

두 사내가 흑양의 앞뒤로 다가왔다. 오히려 인을 죽인 사내가 더욱 강한 기도를 내뿜었다.

하나도 감당하기 어려운 상대였다.

흑양은 최후를 예감했다. 그러자 도리어 마음이 차분해졌다.

자신을 뒤쫓던 사내를 보며 말했다.

"지긋지긋한 놈! 내 똥구멍에 꿀이라도 발라놨느냐?"

사내의 눈이 가늘어졌다. 이제 고생 끝이라 생각했는지 그는 여유롭게 웃고 있었다.

"넌 운 좋은 줄 알아라!"

흑양이 검을 쥔 손에 힘을 주었다.

그리고 반대쪽 사내에게로 돌아섰다.

한 놈을 벨 거면 지난 내실간 지긋지긋하게 뒤쫓던 저놈을 죽이고 싶었는데, 마지막 순간 마음을 바꿨다. 인의 복수를 하기로 한 것이다.

세 사내가 동시에 몸을 날렸다.

바람 소리와 쇳소리, 그리고 살이 찢기는 소리.

이어진 정적.

모두의 행동이 그림처럼 멈춰 있었다.

일렬로 나란히 선 세 사람, 흑양이 가운데 있었다.

흑양의 가슴과 등으로 두 개의 검이 교차하듯 관통해 있었다.

툭.

흑양의 검이 바닥으로 떨어졌다. 검은 사내의 팔을 스쳤을 뿐이었다.

검붉은 피가 흑양의 입에서 울컥울컥 쏟아져 나왔다.

아쉬웠다. 놈의 팔이라도 하나 자르고 싶었는데.

인에게 미안했다. 위험을 무릅쓰고 이곳에 오지 않았다면 그는 죽지 않았을 것이다.

'곧 만날 테니… 그때 사과하면 되겠지.'

흑양이 마지막 힘을 다해 물었다.

"…사도십객?"

인을 죽인 사내가 고개를 끄덕이며 나직이 말했다.

"살객(殺客)!"

곧바로 뒤에서 들려온 음침한 목소리.

"추혈객(追血客)!"

살객은 적호처럼 암살에 특화된 자였고, 추혈객은 추종술의 달인이었다.

애초에 이길 수 없는 싸움이었다.

"내가… 호랑이가 아니라 양인 것을 다행으로… 여겨라."

흑양의 고개가 툭 떨어졌다.

푸아아악!

두 사람이 동시에 검을 뽑았다.

흑양의 시체가 바닥에 꼬꾸라졌다.

검에 묻은 피를 바닥에 뿌리며 추혈객이 말했다.

"오랜만이군."

살객이 무표정하게 고개를 끄덕였다.

원래 말이 없다고 알려진 그였다. 사도십객들 중 귀객(鬼客)과 더불어 가장 강하다고 알려진 그였다.

추혈객이 나직이 말했다.

"보고는 내가 하지."

무덤덤한 표정으로 살객이 고개를 끄덕였다. 이미 죽은 흑양은 그의 관심 밖이었다.

"…호랑이라."

짙은 살기에 묻어나는 것은 묘한 경쟁심이었다.

* * *

문사 차림의 중년인이 창밖을 바라보고 있었다.

총군사 종리문(鍾離文), 사악련주의 신뢰를 한 몸에 받고 있는 그였다.

창밖을 향한 그의 시선이 허허롭다. 그가 바라보는 것은 풍경이 아니었다.

이 년 전 기억하고 싶지 않은 그날이었다. 두 번 다시 생각하고 싶지 않지만, 잘라내면 그 순간은 나은 것처럼 보이다가도 어느새 돌아보면 또다시 올라와 있는 사마귀처럼 그 일은 종리문에게 잊을 수 없는 상처였다.

그의 귓가로 호탕한 웃음소리가 들려오기 시작했다.

"하하하하하! 그래서요? 정말 군사께서 련주님 면전에다 천아성의 무공이 한 수 위일 거라고 하셨단 말씀입니까? 하하하하!"

그가 배까지 부여 쥐고 웃었다.

멸천단주 환악소(歡岳素).

삼천의 정예 무인들을 이끄는 사악련 최고수 중 일인이었다.

그가 맡은 멸천단은 수라혈마단(修羅血魔團), 철혈구로와 더불어 사악련을 대표하는 삼대무력단체 중 하나였다.

"그러니까 련주님께서 뭐라고 하셨습니까?"

그의 성격은 호탕하고 패도적이었으며 또 호전적이었다. 신군맹과의 전쟁을 주장하는 이들 중 가장 선두에 선 이였다.

"련주님께서 그러셨지요, 자네가 아직 내 실력을 몰라서 그러네."

"하히히히! 얼마나 당황스러우셨을까?"

농담처럼 이야기를 꺼내고 있지만, 당시의 종리문은 진심으로 대답한 것이었다.

자신이 오랫동안 분석한 결과였다.

천아성의 무공은 초절정을 넘어서 무신의 경지에 들어섰다.

그를 죽이기 위해 수십 차례 살수를 보냈다. 하지만 한 명도 살아 돌아오지 못했다.

정말 다행스런 점은 그가 권력을 탐하지 않는다는 점이었다. 오직 무의 극의를 깨닫고자 자신만의 세계에 빠져 있었다. 신군맹이란 단체도 그가 주도적으로 이끄는 단체가 아니었다. 그를 따르는 이들이 그를 존경하는 마음에서 만든 것이 이후에 자생력을 가지게 된 것이다. 그것이 신군맹의 강점이자 약점이었다.

종리문은 불안했다.

천아성이 어떤 한계를 극복할까 봐, 혹은 한계에 도달할까 봐.

그의 무공 경시에 어떤 변화가 올 때 신군맹과 사악련 사이에 어떤 식이든 커다란 변화가 생길 것이다.

"잠시 소피 좀 보고 오리다."

자리에서 일어난 그가 휘청거렸다. 오랜만에 회포를 푸는 자리인지라 내공으로 주기를 몰아내지 않은 탓이었다.

"괜찮겠소?"

사악련 본단, 그것도 내당 깊숙한 곳에서의 술자리였다.

사실 물어볼 필요가 없는 말이었다.

"그럼 괜찮지요. 내 비록 술에 취했지만 신군맹 잡종 놈들 백이면 백, 천이면 천 다 뒷간에 처박아 버릴 수도 있지요."

운명은 때론 참 가혹하다는 생각이 든다.

자신은 왜 괜찮냐고 물었을까?

당연히 괜찮을 것을. 그 같은 고수가 뒷간에라도 빠질까 봐?

그리고 그는 왜 하필이면 그런 대답을 했을까?

소피 좀 보겠다고 간 그는 돌아오지 않았다.

종리문이 그를 찾으러 뒷간에 갔을 때, 그는 뒷간에서 죽어 있었다. 그가 말한 것처럼 뒷간에 처박혀서.

살수는 그곳에서 그를 기다리고 있었다.

사악련 본단의 내당 깊숙한 곳에서 멸천단주가 죽었다.

사악련이 발칵 뒤집어졌다.

그리고 그 엄청난 사건보다 더 최악의 일은… 흉수를 놓쳤다는 것이다.

놈은 세 겹의 천라지망을 뚫고 달아났다.

이와 관련된 수많은 이들이 죽거나 직위에서 해제되었다.

흉수가 십이귀병 중 일인이란 분석이 내려졌다. 그를 찾아서 목을 잘라오란 사악련주의 명령이 내려졌다.

그리고… 그 명령을 철회시킨 것은 바로 자신이었다.

모든 십이귀병을 죽이는 한이 있더라도 결국 놈을 찾아내 제거할 순 있을 것이다.

하지만 종리문은 사악련주를 필사적으로 말렸다.

이럴 때일수록 침착해야 한다고. 복수는 다른 식으로 해야 한다고.

그렇게 설득했다. 장기를 졌을 때 상대를 증오해야지 장기 기물을 증오하진 않는 법이라고. 십이귀병은 그저 장기판의 기물에 불과하다고.

그렇게 설득해 사악련주의 분노를 다스렸다.

이후에 사악련주의 마음을 달랠 복수가 이뤄졌다. 신군맹의 주력인 선봉대의 대주를 암살하는 데 성공한 것이다. 멸천단주에 비할 바는 아니었지만 그래도 어느 정도 련주의 마음이 풀렸다.

종리문이 십이귀병을 살려둔 진짜 이유는 다른 데 있었다.

똑똑똑!

그때 누군가 문을 두드렸다.

종리문이 상념에서 벗어났다.

들어선 사람은 날카로운 인상의 중년 사내였다.

그는 바로 사도십객을 관장하는 기영(起營)이었다. 사도십객은 사악련 내 어떤 조직에도 귀속되지 않은 채 오직 사악련

사도십객 63

주의 명령에 따라 움직였다. 원칙적으론 사악련주 직속이지만 실제 관리를 하는 것은 군사인 종리문이었다. 그만큼 사악련주가 종리문을 신임했고, 이로 인해 종리문의 힘은 더욱 강력했다.

"어떻게 되었소?"

"살객과 추혈객이 그를 추살하였습니다."

종리문의 입가에 회심의 미소가 지어졌다.

"이것으로 본단 깊숙이 스며들었던 세작들을 모두 제거했습니다."

"잘하셨소."

기영이 품에서 하나의 밀지를 꺼냈다.

"그에게서 다시 연락이 왔습니다."

그란 말에 종리문의 눈빛이 반짝였다. 바로 휘각에 심어둔 세작 때문이었다.

사도십객 중 밀영객(密影客)!

종리문이 이 년 전 십이귀병에 대한 복수를 끝까지 말린 것도 이 때문이었다. 밀영객을 휘각에 심기 위해 장장 칠 년을 투자했다. 준비 기간까지 합치면 그보다 훨씬 긴 세월이었다.

환악소의 복수를 말린 것도 이 때문이었다. 환악소를 죽인 십이귀병을 죽이기 위해서는 그들을 완전히 뒤집어놓아야 할 것이다.

그들이 큰 타격을 입으면 십이귀병의 지휘 체계가 교체될 수도 있었다.

사실 그때의 흉수가 누군지 밀영객을 통해 대충 짐작할 수 있었다.

특별 작전으로 그 일을 해낼 수 있는 능력을 지닌 십이귀병은 둘뿐이었다.

적호와 비룡.

그래도 그를 죽이는 것을 포기했다. 이미 벌어진 일의 복수를 하려고 위험을 감수하는 것은 어리석은 짓이니까.

종리문이 밀영객이 보낸 밀지를 읽었다.

"뭐? 이번 철혈구로에 적호가 응시했다고?"

"네, 입로시험에 응시했답니다."

"목적은?"

"특별 작전으로 지시되어서 그 이상은 알아내지 못했답니다."

"이것들이!"

종리문의 이마에 주름살이 겹쳐졌다.

"목적은 철혈대로의 암살인 듯합니다."

"근래 철혈구로가 특별한 임무라도 맡았나?"

"그건 아닙니다. 일상적인 임무들입니다."

"한데 왜 지금이지?"

난데없는 느낌인 것은 기영 역시 마찬가지였다.

"분석을 해봐야 알겠지만 그 외에는 달리 생각할 것이 없습니다."

종리문이 고개를 끄덕였다.

"누구로 잠입했는지는 모르겠군?"

"네. 하지만 분명 합격자들 중 한 명이 되겠지요."

"그렇겠지. 어떻게 처리할 작정인가?"

"원칙대로라면 일단 철혈대로에게 알려야 하겠지만……."

기영이 종리문의 눈치를 살폈다. 과연 자신의 예상대로 종리문이 살짝 고개를 내저었다. 둘의 관계가 그리 원만하지 못한 탓이었다.

"이번에는 자체적으로 해결을 하려고 합니다."

"어떻게?"

기영이 회심의 미소를 지으며 답했다.

"철혈구로의 입로시험에 저희도 사도십객을 투입했습니다."

기영이 자신있게 덧붙였다.

"정체가 밝혀지는 순간, 놈은 죽은 목숨입니다."

절대
강호

두 번째 관문이 끝나고 나서야 식사가 제공되었다.

한 고비를 넘겼다는 안도감에 모두들 표정이 밝았다. 이제 남은 사람은 백여 명이었다. 처음 모인 사람이 천여 명이었으니 반나절 만에 나름대로 실력이 있다고 자부한 사파의 신진 고수들 구백 명이 떨어진 것이다.

차라리 정문에서 통과하지 못한 사람들은 그나마 다행이었다. 죽은 사람도 상당했고, 큰 부상을 입은 사람도 많았다.

백여 명의 무인이 커다란 대청 여기저기에 흩어져 식사를 하고 있었다.

"과연 그대도 통과했구려. 내 그럴 줄 알았지. 하하하."

친한 척 말을 걸어온 사람은 바로 소붕이었다.

그건 적호가 그에게 할 말이었다.

적호는 소붕을 경계하고 있었다. 천지도 모르고 설쳐 대는 음사권 따윈 문젯거리도 아니었다. 항상 조심해야 하는 것은 웃으며 다가서는 자들이다. 언제나 숨겨진 칼이 더 무서운 법이니까.

소붕이 자신의 밥과 국을 내동댕이치듯 내려놓으며 인상을 썼다.

"아, 그런데 음식 맛이 정말 엉망이오."

그의 말처럼 맛은 형편없었다. 앞으로 있을 고난을 각오하라는 듯 국은 싱거웠고 밥은 퍼석했다.

그럼에도 적호는 묵묵히 음식을 먹었다. 예전에 십이귀병이 되기 위한 훈련을 받을 때는 아예 음식이 나오지 않았던 적이 많았다. 사냥감조차 없는 곳에서 열흘 동안 물만 마시며 버텼던 적도 있었다. 그때를 생각하면 지금의 이 음식은 진수성찬이다.

그리고 한 가지 더, 자고로 음식은 먹을 수 있을 때 확실히 먹어두는 것이 현명했다. 허기는 사람을 다급하고 신경질적으로 만드는 법이니까.

적호가 국을 후루룩 마시는 것을 보며 소붕이 인상을 썼다.

"와! 그게 그렇게 잘 넘어가오?"

"입이 워낙 싸구려라서."

"생긴 것하곤 다르구려."

순간 적호가 내심 흠칫했다. 그의 말처럼 지금의 얼굴은 꽤나 귀하게 지닌 얼굴이었으니까. 조금 더 조심해야 할 부분이란 생각이 들었다.

그런 적호의 속마음을 아는지 모르는지 소붕이 자신의 밥과 국을 내밀었다.

"그럼 내 것도 먹겠소?"

"사양하겠소."

소붕이 국을 다시 한 번 먹어보려 하다가 결국 바닥에 내려놓았다. 그는 자신과는 반대로 행동하고 있었다. 귀하게 자란 티를 내고 있었다. 전혀 그래 보이지도 않으면서 말이다.

소붕이 주위를 돌아보며 말했다.

"그나저나 통과한 이들이 너무 많소."

정확히는 아흔일곱이었다. 남자가 여든다섯이고, 여자가 열둘이었다.

적호는 그들 하나하나를 이미 살핀 후였다. 버릇이었다. 살펴야 할 상대가 많으면 대충 넘어가게 마련이었다.

하지만 적호는 달랐다. 뭔가 힘들고 짜증나는 상황일수록 더욱 확실히 행동해야 한다. 귀찮아서 미루거나 순간을 모면하려는 태도가 언제나 나중에 후회를 남긴다.

오랫동안 몸에 밴 습관이었다.

관문돌파 71

그들 중에서 특히 적호의 눈에 들어온 자들은 모두 넷이었다.

우선 음사권과 소붕이 있었다. 음사권은 악랄했고 소붕은 수상했다.

세 번째는 입구에서 눈에 띄었던 그 귀공자였다. 수상해서라기보단 실력이 눈에 띄어서였다.

마지막은 여인이었다. 구석 자리에서 묵묵히 밥을 먹고 있는 그녀는 까무잡잡한 피부에 강단있는 눈매를 지녔다.

허리에 두른 연검을 사용하는 여인이었다. 기도로 짐작하건대 분명 실력을 숨긴 여인이었다.

그들 외에도 몇 명 눈에 띄는 자들이 있었지만, 앞서의 네 명에 비할 정도는 아니었다. 겉으로 느껴지는 네 명의 무공 수위는 비슷비슷했다. 하지만 그들 중에 자신처럼 완벽하게 실력을 숨길 수 있는 실력자가 있다면, 그것이 진정한 실력일지는 확신할 수 없었다.

그때, 와장창 그릇이 깨졌다.

음사권이 근처에 있던 사내의 밥그릇을 걷어찬 것이다. 놈은 일부러 시빗거리를 찾고 있었다. 당한 사람도, 지켜보는 사람도 대들거나 말리지 못했다. 놈은 더욱 의기양양해졌다.

"망할!"

소붕의 말에 음사권이 홱 이쪽으로 고개를 돌렸다.

"방금 누구냐!"

그러다 적호를 발견했다. 음사권이 앞서 관문에서 신경을 거슬린 상대란 것을 기억해 냈다.

음사권이 이쪽으로 성큼성큼 다가왔다.

소붕이 얄밉게 빠져나갔다.

"이래선 소화나 될라나 모르겠네."

다가선 음사권이 다짜고짜 적호의 국그릇을 걷어찼다. 그릇이 날아가 산산조각나서 깨졌다.

"흐흐흐."

음사권이 이래도 참을 것이냐란 표정으로 적호를 내려다보았다.

적호가 천천히 자리에서 일어났다. 음사권이 금방이라도 잡아먹을 듯한 눈빛으로 적호를 노려보았다.

모두의 시선이 두 사람에게 집중되었다.

적호가 한옆으로 자리를 옮겼다.

"겁쟁이 새끼."

자리를 옮겨 앉은 적호의 맞은편에 연검여인이 앉아 있었다.

두 사람의 시선이 마주쳤다. 살짝 미소를 짓는 여인의 눈빛에 왠지 모를 관심이 스쳤다. 음사권은 그것을 놓치지 않았다.

"허, 그사이 눈이 맞으셨다?"

음사권이 이번에는 여인에게로 다가갔다. 정말 그는 종횡무

진하며 행패를 부렸다.

적호는 그를 제지하지 않았다. 일단 느껴지는 실력은 비슷했는데, 굳이 한 명을 택하라면 여인 쪽이었다. 그래서 전혀 걱정이 안 되었다.

음사권이 여인 앞에 섰다.

"이름이 뭐냐?"

여인은 아무 대답도 하지 않았다.

음사권이 기대한 반응이었다.

"말 안 듣는 년을 다루는 법이 있지."

음사권이 천천히 발을 들었다. 마치 당장 대답을 하지 않으면 여인의 머리통을 짓이기겠다는 태도였다.

아무도 나서서 말리지 않았다. 여인이 다시 한 번 적호를 쳐다보았다. 이런 상황인데 자신을 돕지 않을 것이냐는 물음이 눈빛에 담겨 있었다.

적호는 망설이는 척했다. 너무 침착해도 눈에 띌 테니까. 사실 진짜 일이 벌어지면 도와야 될 쪽은 음사권 쪽이다.

음사권의 발이 여인의 얼굴에 닿으려던 바로 그때였다.

"그만하지."

점잖게 제지하고 나선 사람은 그 귀공자청년이었다.

음사권이 발을 내리고 돌아섰다.

"방금 누가 짖었지?"

"나다."

청년의 당당한 태도 때문이었을까? 음사권이 신중히 반응했다. 분명 청년에게는 함부로 대하기 힘든 어떤 점이 있었다.

청년이 나직이 말했다.

"음사권, 네가 사부의 명성만 믿고 설쳐 댄다고 들은 바 있지."

음사권이 인상을 썼다.

"이 기생오라비 같은 놈이 감히 사부님을 입에 담아? 뒈지고 싶은 게냐?"

그러자 청년이 피식 웃었다.

"일검십살이 뭐 그리 대단하다고!"

더는 참지 못하고 음사권이 몸을 날렸다.

파파팍파파팍!

빠르게 주먹이 오갔다. 삼십여 수가 지났을 때 청년의 주먹이 음사권의 턱에 작렬했다.

퍼억!

바닥을 뒹군 음사권이 벌떡 일어났다. 내력이 들어간 주먹질이 아닌 탓에 턱이 부서지는 참변은 피할 수 있었다.

음사권은 사납고 포악했지만 그렇다고 바보는 아니었다. 상대가 자신보다 한 수 위란 사실을 알아차렸다. 음사권이 아비한 눈빛으로 청년을 노려보았다.

"대체 넌 누구지?"

그러자 청년이 차분히 말했다.

"난 용하진(龍河振)이다."

용하진이란 말에 음사권은 물론이고 그곳에 있던 많은 이들이 깜짝 놀랐다.

"용하진이라면 설마 수라혈마단주 용천세(龍天勢)의 아들?"

후기지수 중에 용하진이란 이름을 쓰는 이는 많겠지만 음사권을 삼십여 수 만에 제압할 수 있는 용하진은 많지 않았다. 과연 그는 음사권의 짐작대로였다.

"맞다. 그 용하진이 바로 나다."

음사권이 이를 악물었다. 용천세는 자신의 사부보다 무공과 명성이 훨씬 더 뛰어난 인물이었다. 용천세뿐만 아니라 그 아들인 용하진 역시 무재가 뛰어난 신진고수란 소문이 자자했다.

"네가 왜 여길 지원했지?"

음사권은 이해가 가지 않았다. 자신은 사부의 강요에 의해 억지로 이곳에 지원하게 되었다.

사부는 평생을 통해 온갖 악행을 저질러 왔다. 그러던 중 사악련과 문제가 생겼다. 올초 시비가 붙어 죽인 상대가 바로 사악련의 대주 급 인사였던 것이다.

그것은 그냥 넘어갈 수 없는 문제였다. 결국 제자를 철혈구로로 보내 화해의 손길을 내민 것이다. 자신을 팔아 사악련과 화해하려는 사부의 흑심에 음사권은 화난 마음을 주체하지 못하고 패악을 저지르고 있었던 것이다.

하지만 용하진의 경우는 자신과 달랐다. 그가 가야 할 곳은 수라혈마단이었다.

용하진이 당당히 말했다.

"아버님이 그랬듯이 나 역시 쉬운 길을 걸어가는 남자가 아니다."

밑바닥에서, 제 실력으로 출세하겠다는 말이었다.

음사권이 코웃음을 쳤다.

"그럼 네게 있어 철혈구로는 어려운 길이란 말인가? 웃기는군."

"철혈구로에 들어가면 과거는 모두 잊는다. 그걸 모르고 하는 말이냐?"

"그렇다고 네 과거나 네 아버지의 존재까지 진짜로 사라지는 것은 아니지."

어차피 용천세가 뒤를 봐준다는 말이었다.

"닥쳐라! 그 지저분한 주둥이 박살 내버리기 전에."

용하진의 엄중한 경고에 살기가 실렸다.

음사권이 아래턱을 좌우로 흔들며 야비하게 웃었다.

"누구 명이라고 거역할까? 흐흐흐."

음사권이 제자리로 돌아갔다. 공연히 적호와 여인에게 죽일 듯한 눈빛으로 화풀이를 하면서.

용하진을 보는 눈들이 달라졌다. 그의 용기에 감탄하기보단 아쉬움이 앞섰다. 네 사람을 뽑는 시험에서 이미 한 사람은 걸린 것이나 마찬가지란 생각이 든 것이다. 실력도 뛰어났고 게다가 든든한 배경도 있는 그였다.

용하진이 여인에게 다가갔다.

"괜찮소?"

여인이 고개를 끄덕였다.

"고마워요."

이번에는 용하진이 적호를 보며 말했다.

"왜 그녀를 도와주지 않았지?"

"그를 이길 자신이 없었소."

"입구에서 꽤나 인상적인 재주를 부리더니, 네 일신의 안위를 위해서만 머리를 쓰는 것이냐?"

묵묵부답인 적호의 태도에 용하진은 화가 났다.

더구나 적호를 바라보는 여인 역시 크게 화난 표정이 아니었다.

용하진은 기분이 나빴다. 구해준 것은 자신인데 시선은 적호를 향해 있었다. 여인의 반반한 외모가 마음에 들어서 나선 것이었는데, 괜히 나섰다는 후회가 들었다.

그냥 앉기 뭐해서 용하진이 모두에게 말했다.

"우린 경쟁자이기도 하지만 그 이전에 신군맹 놈들과 맞서 싸워야 하는 동지기도 하오. 그러니 최소한 지킬 것은 지킵시다!"

몇몇 사람들이 옳은 말이라며 박수를 쳤다.

기분이 조금 나아진 용하진이 자신의 자리로 돌아갔다.

어느새 소붕이 슬그머니 적호 옆에 와 있었다.

"그녀가 그대를 좋아하는 것 같소."

"무슨 뜻이오?"

소붕이 턱짓으로 앞을 가리켰다. 그때까지도 적호를 바라보던 여인이 그제야 시선을 돌렸다.

소붕이 고개를 갸웃했다.

"음. 확실히 여인들은 나쁜 남자에게 잘 빠지는 것 같소."

"내가 나쁜 남자란 말이오?"

"물론이오."

그러면서 소붕이 턱짓으로 용하진을 가리켰다.

"저 닭 쫓던 개를 보면 알지 않소?"

적호가 피식 웃었다. 자신은 닭이 아니라 호랑이라고 한마디 농담을 해주고 싶었다. 순간, 적호는 흠칫했다. 방금 그에게 아주 잠깐이나마 긴장을 풀었음을 깨달은 것이다.

그럴 리는 없겠지만 만에 하나라도 그가 자신에게 의도적으로 접근을 해오고 있는 것이라면, 그는 자신이 생각했던 것보다 훨씬 강하고 무서운 자일 것이다.

"잘못 보았소. 아까의 난 그저 비겁했을 뿐이오."

"비겁한 자들은 절대 제 입으로 자신이 비겁하다는 말을 하지 않는다오. 그래서 그들이 비겁한 것이지요."

"그럼 그대는 어떤 사람이오?"

관문돌파 79

적호의 물음에 소붕이 히죽 웃었다.

"나야 숨겨진 매력이 가득한 진짜 남자지요."

여전히 속내를 알 수 없는 소붕이었다.

마침 교관이 안으로 들어왔다.

"식사 끝!"

이미 대다수의 사람들이 식사를 마친 후였다. 싸움 구경을 하느라 미처 다 먹지 못한 이들도 이 형편없는 음식에 미련을 갖지 않았다.

석파양이 뒤따라 들어왔다.

다시 다음 단계를 포기할 기회가 주어졌다. 각 관문마다 수십 명씩 죽어나갔으니, 이 기회는 그냥 형식적으로 만들어놓은 것이 아니란 것을 알 수 있었다. 그럼에도 여전히 포기하는 사람은 없었다.

앞서 응시자들을 쓰레기 취급하던 석파양이 이제는 태도를 바꾸었다.

"알다시피 철혈구로는 본 련의 자존심이다. 들어가면 부와 명예 모두 얻을 수 있다. 마지막까지 힘내도록."

철혈구로의 일반 무인들은 다른 조직의 조장 이상의 대우를 받았다. 원래 가장 위험한 임무를 하는 조직이지만, 요즘같이 신군맹과 평화를 유지하는 때에는 그야말로 최고의 자리였다.

"자, 모두 이동한다."

모두들 자리에서 일어났다.

그들이 밖으로 나가자 이십여 대의 마차가 줄을 지어 기다리고 있었다. 마부석에는 각각 두 명의 교관이 앉아 있었다.

"모두들 마차에 올라타도록!"

적호가 그중 한 마차에 올라타자 소붕이 재빨리 그 뒤를 따랐다.

무슨 생각에서인지 연검여인이 뒤따랐고, 음사권이 음흉한 미소를 지으며 마차에 올랐다. 마지막으로 용하진이 마차에 탔다.

그렇게 마차에 다섯 사람이 마주 앉았다. 적호 옆에 소붕과 여인이 앉았고, 맞은편에 음사권이, 다시 그 옆에 용하진이 앉았다. 한마디로 적과의 동행이었다.

두두두두두.

마차가 속력을 내며 달리기 시작했다.

아무도 먼저 말을 꺼내는 사람은 없었다. 역시 그 침묵을 참지 못한 것은 소붕이었다.

"이렇게 만난 것도 인연인데 우리 서로 통성명이나 합시다. 난 소붕이라 하오."

소붕이 가장 먼저 여인을 쳐다보았다. 대답을 안 할 것 같던 그녀가 순순히 자신을 소개했다.

"방소소(方疎疎)."

인사를 하는 순간 여인이 적호를 쳐다보았다. 소붕보다는 왠지 적호에게 자신을 소개하는 느낌이었다.

그 모습에 용하진이 살짝 인상을 찡그렸다.

그녀가 적호에게 관심을 보이는 것이 왠지 자꾸 마음에 걸렸다. 방소소가 좋아서라기보다는 괜한 질투심 때문이었다.

음사권은 적호를 보며 손가락으로 목을 긋는 시늉을 했다. 적호는 그것이 장난이 아니란 것을 알아차렸다. 놈의 피에는 살인마의 그것이 흐르고 있었다.

"난 양현이오."

적호가 짐작할 때 이곳에서 신원이 확실한 사람은 오직 둘, 용하진과 음사권뿐이었다.

소붕과 방소소는 정체를 알 수 없는 인물들이었다. 아니, 엄밀히 따지자면 용하진과 음사권도 완전히 믿을 수는 없었다. 진짜 대단하고 위험한 임무는 언제나 뒤통수를 사정없이 갈기는 법이니까. 그 누구에게도 방심해선 안 된다고 생각했다.

그때 음사권이 적호에게 불쑥 말했다.

"넌 이런 곳에 어울리지 않는군."

적호가 힐끔 쳐다보자 그가 계속 말을 이었다.

"얼굴은 착한 척하고 앉아 있는데, 눈빛이 달라."

그러자 소붕이 덩달아 나섰다.

"그러고 보니 눈빛이 차갑긴 차갑군."

음사권이 싸늘하게 물었다.

"네 사부가 누구라고 했지?"

여전히 적호는 대답을 하지 않았다.

"한번 알아봐야겠군."

놈의 허세에 적호가 내심 코웃음을 쳤다. 세갓 놈이 알아본다고 들통이 날 정도로 신비루의 일 처리는 그리 호락호락하지 않다.

소붕이 한숨을 내쉬었다.

"이번에 네 명을 뽑는다던데… 합격자 넷이 여기서 다 뽑힌다 해도 이 중 한 사람은 반드시 탈락하는군."

그러자 음사권이 비웃으며 말했다.

"꿈 깨시지!"

소붕이 음사권과 용하진을 번갈아 쳐다보았다. 그러더니 여인을, 그리고 끝으로 적호를 쳐다보았다.

"과연 난 무리일 것 같소."

물론 적호의 생각은 달랐다. 이들 중 가장 유력한 합격 후보는 소붕이다. 다음이 방소소, 그다음이 용하진. 제 세상인 양 설쳐 대는 음사권은 오히려 꼴찌였다.

흥미로웠다. 백 명 중 다섯에 불과한데 여기만 해도 합격 후보가 득실대고 있었다.

과연 우연일까? 뭔가 묘한 위화감이 느껴진다.

반 시진을 내리 달리던 마차가 이윽고 멈춰 섰다. 밖에서 교관이 목소리가 들렸다.

관문돌파 83

"모두들 내리도록!"

이미 밖은 어두워져 있었다.

석파양이 정면의 산을 올려다보며 말했다.

"저 산에는 정확히 이십 개의 깃발이 곳곳에 숨겨져 있다. 그 승천기(昇天旗)를 가지고 이곳으로 돌아오면 합격이다. 그 외의 규칙 따윈 없다. 출발!"

어딘지도 모르는 곳에 도착하자마자 경쟁률 오 대 일의 다음 관문이 시작되었다.

* * *

어둠 속에서 살육전이 벌어졌다.

깃발은 모두에게 명분을 주었고, 어둠은 모두의 숨겨둔 살의를 불러냈다.

쉬운 위치의 깃발도 있었고, 거목의 꼭대기처럼 찾기 어려운 깃발도 있었다.

쉬운 위치의 깃발 주위에선 당연히 혈투가 벌어졌다. 이미 많은 희생자를 치르며 이곳까지 온 응시자들이었다. 서로가 서로를 죽이는 것에 대한 부담감 따윈 전혀 없었다.

적호는 느긋하게 움직이고 있었다. 멀리서 간헐적인 비명 소리가 들려오고 있었다. 주위는 칠흑처럼 어두웠지만 적호는 정확히 주위 사물을 구분할 수 있었다.

산 중턱에서 드디어 적호가 하나의 깃발을 발견했다.

깃발을 향해 다가서는데, 반대쪽에서 누군가 나타났다. 때마침 구름에 가려 있던 달이 모습을 드러냈다. 상대는 바로 용하진이었다. 용하진이 싱긋 웃으며 인사했다.

"반갑군."

혹시 자신을 의도적으로 따라온 것일까? 그럴지도 모른다는 생각이 들었다. 방소소 때문에 자신에 대한 감정이 좋지 못함을 적호도 느끼고 있었다.

인사 대신 적호가 한 발 앞으로 다가섰다. 용하진 역시 마찬가지로 다가섰다.

용하진이 나직이 경고했다.

"욕심은 화를 부르지. 좋게 말할 때 다른 깃발을 찾아."

하지만 적호는 이 깃발을 양보할 생각이 전혀 없었다. 조금 전까지 잡담을 나누던 상대에게 마구잡이로 칼질을 해대는 이곳에 더 있고 싶지 않았기 때문이다.

사악련의 이 시험 방식이 마음에 들지 않았다. 과거 자신도 지옥 훈련을 경험했다. 백배는 더 힘들었지만 적어도 동료의 등에 칼을 찔러대는 방식은 아니었다.

깃발을 사이에 두고 두 사람은 검을 뽑으면 닿을 정도의 거리까지 다가섰다.

"고집을 피운 것을 후회하게 될 것이다."

용하진의 차가운 경고에 적호가 어깨를 으쓱했다.

관문돌파 85

"게으른 편이라서."

"그럼 그 버릇을 고쳐 주지."

차앙!

먼저 검을 뽑아 든 쪽은 용하진이었다.

적호가 뒤이어 검을 뽑았다. 정확히 본래 실력의 이 할의 속도와 힘이었다. 그것이 적호가 스스로 정한 양현의 실력이었다.

차앙!

용하진의 검을 튕겨내며 그 기세 그대로 가슴을 찔러갔다.

따당!

이어지는 공격을 용하진이 검을 휘둘러 막아냈다. 생각보다 강력한 적호의 기세에 용하진이 뒤로 밀렸다.

"제법이군."

그 이상이었다. 손목이 끊어질 듯 아팠다. 적호가 더욱 매섭게 그를 몰아붙였다. 견디다 못한 용하진이 훌쩍 몸을 날려 뒤로 물러섰다.

적호가 깃발을 챙겨 들었다.

용하진의 눈에서 살기가 솟구쳤다.

"네놈이 명을 재촉하는구나!"

용하진이 일갈을 내지르며 다시 몸을 날렸다. 이번에는 앞서보다 훨씬 빠른 공격이었다. 그가 살초를 뿌려대기 시작한 것이다.

창창창창!

검이 부딪치며 어둠 속에서 불꽃이 튀었다.

이십 수가 지났을 때, 용하진은 자신도 모르게 이를 악물고 있었다. 보기에는 금방이라도 제압할 수 있을 것같이 만만했는데, 상대를 제압하는 것이 쉽지 않았다.

제법 실력이 있으리라 생각은 했지만 이 정도일 줄은 상상도 못했다. 시간이 흐를수록 용하진은 점점 더 초조해졌다.

창창창창창!

날아드는 용하진의 공격을 적호는 적당한 힘으로 해소했다.

격돌을 거듭하다 두 사람이 잠시 떨어졌다.

용하진은 팔이 떨어져 나갈 것 같은 고통을 참느라고 얼굴이 일그러져 있었다.

적호가 담담히 말했다.

"버릇은 다음에 고쳐야겠는데. 이러다간 다른 깃발도 찾을 수 없을 거야."

용하진이 표독스럽게 적호를 노려보았다.

하지만 더 이상 달려들진 않았다. 인정해야 할 상대였다. 늦기 전에 일단 다른 깃발을 찾아야 했다. 최종 관문도 아니고 이곳에서 떨어졌다간 아버지의 불호령을 감당할 수 없을 것이다.

"언젠가 내게 굴복하는 날이 올 거다."

용하진이 이를 갈며 어둠 속으로 몸을 날렸다.

그를 보며 적호가 피식 웃었다.

"그래도 아주 바보는 아니군."

적호가 빠르게 산을 내려갔다. 여기저기서 병장기 부딪치는 소리가 들려왔다.

거의 산을 다 내려갔을 때였다. 적호가 발걸음을 멈췄다. 앞쪽 수풀에서 어떤 기척을 느낀 것이다. 지독한 살기였다.

적호가 조심스럽게 그곳으로 들어섰다.

저 멀리서 사내 하나가 쓰러지고 있었다. 그의 옆구리를 찌른 사내는 바로 음사권이었다.

사내의 품을 뒤져 깃발을 챙기던 음사권과 적호의 시선이 마주쳤다.

음사권이 적호를 보며 씩 웃었다. 벌써 몇이나 죽였는지 이미 그의 옷은 피로 범벅되어 있었다. 품에 여러 개의 깃발이 삐죽 튀어나와 있었다.

보아하니 놈은 이곳에서 잠복하고 있다가 깃발을 차지하고 내려오는 이들을 기습하고 있었다. 놈은 허용된 살육의 기회를 마음껏 즐기고 있었다.

"흐흐, 잘 걸렸군."

음사권이 비릿하게 웃으며 천천히 적호에게 걸어왔다. 녀석의 눈빛에 살기가 가득했다.

적호가 온 신경을 집중해 주위를 살폈다. 주위에는 아무도 없었다.

적호가 피하지 않고 그에게로 걸어갔다. 적호가 달아나지 않고 자신을 향해 다가오자 음사권이 코웃음을 쳤다.

"이 새끼, 회를 쳐주마!"

이유없는 원한이었고, 증오였다. 스스로의 화를 다스리지 못하고 폭발해 남에게 해를 끼치는 전형적인 유형이었다.

쉭! 쉭! 쉭!

음사권이 검을 내뻗으며 날아와 벼락처럼 세 번 연속 검을 내질렀다. 그가 지닌 절초였다.

다음 순간, 음사권이 얼어붙었다.

그 필살의 공격을 적호가 너무나 가볍게 좌우로 몸을 흔들며 피해 버린 것이다. 언젠가 사부가 이런 식으로 자신의 공격을 피한 적이 있었다. 사부가 피한 것보다 더 빠르고 자연스러웠다.

"뭐, 뭐야?"

다음 순간.

쇄액! 쇄액! 쇄애애액!

이번에는 적호의 검이 세 번 허공을 갈랐다. 실력을 숨기지 않은 적호의 검술은 그야말로 전광석화였다.

푸악! 파아악! 푸아아아악!

첫 수에 팔이, 두 번째 수에 허리가, 세 번째 수에 음사권의 심장이 갈렸다.

각기 다른 수법으로 낸 상처였다.

관문돌파 89

음사권은 선 채로 목숨이 끊어졌다.

이미 그는 죽었지만 적호의 공격은 끝나지 않았다. 적호가 재빨리 품에서 비수를 꺼냈다.

푹! 푹! 푹!

빠르게 그의 오른쪽 가슴에 연속해서 비수를 거칠게 찔러 넣었다.

마지막으로 그의 이마를 주먹으로 가격했다.

꽈직, 두개골이 깨진 음사권이 뒤로 나동그라졌다.

순식간에 음사권의 몸에는 다섯 사람이 합공한 상처가 남았다. 나중에 검시하더라도 절대 한 사람의 수법으론 보이지 않을 상처들이었다.

적호가 음사권의 품을 뒤졌다. 깃발이 여섯 개나 나왔다. 이곳에서 여섯 명이나 기습해 죽인 것이다.

적호가 음사권의 시체를 내려다보며 차갑게 말했다.

"시체라도 남겨주는 것을 다행이라 여겨라."

적호가 사방으로 깃발을 던져서 흩어버린 후 미련없이 돌아섰다.

그날 새벽, 결과가 나왔다.

생각보다 희생자가 많았다. 산으로 올라간 백 명 중 사십 명이 목숨을 잃었고 스무 명 이상이 부상을 당한 것이다.

그 시체 중에는 물론 음사권의 시체도 있었다.

"음사권이 죽어? 대체 누가 그를 죽인 거지?"

소식을 전해 듣고 잔망스런 호들갑을 떨기 시작한 사람은 소붕이었다. 이런 모습을 보면 깃발 근처에도 못 갈 것 같은 그였지만, 그는 깃발을 챙겨서 내려왔다. 그뿐만 아니라 방소소와 봉하진도 깃발을 차지했다.

자신을 향한 용하진의 눈빛에 독기가 실렸지만 적호는 모른 척해 버렸다.

석파양과 교관들도 음사권의 죽음에 적잖게 당황한 눈치였다. 그의 죽음은 유력한 합격 예상자의 죽음, 그 이상의 문제였다.

바로 그의 사부 풍양 때문이었다. 그의 성격이 흉포하고 다혈질적이란 것은 모두에게 잘 알려진 사실이었다. 그는 제자의 죽음을 그냥 넘어가진 않을 것이다.

'한바탕 난리가 나겠군.'

석파양이 고개를 내저으며 음사권의 시체를 유심히 살폈다. 한 사람 소행이 아니었다. 합공에 의한 죽음이었다. 그를 고깝게 본 몇몇이 합공으로 기습한 것이 틀림없었다. 평소 한 짓을 생각하면 자업자득이었다.

석파양이 굳은 표정으로 남은 사십 명의 응시자들을 돌아보았다. 저들 중에 흉수가 있겠지만, 음사권의 죽음만을 특별히 나툴 수는 없었다.

"일단 오늘 하루는 숙소에서 쉬고 내일 마지막 관문들을 진행하겠다. 모두 수고했다."

깃발을 구한 이들이 작은 환호성을 터뜨렸다.

"자, 합격자들은 모두 나를 따르도록!"

교관이 합격한 사람들을 인솔했다. 관문을 통과한 이십 명이 숙소로 향했다.

떨어진 사람은 그 자리에서 고향으로 돌아가야 했다. 그나마 살아남은 것이 다행이었다. 남은 이십 명 역시 합격자 넷을 제외하곤 몇이나 살아남을지는 알 수 없는 일이었다.

산 아래 숙소를 향해 삼삼오오 나뉘져 걸었다. 나란히 걸으며 소붕이 적호의 눈치를 살폈다.

"혹시 그쪽 짓인가?"

"무슨 말이오?"

"음사권 말이오. 그대가 해치웠소?"

적호가 단호히 고개를 내저었다.

"난 그를 만나지도 못했소."

"흐음."

소붕이 여전히 의심을 감추지 않자 적호가 오히려 되물었다.

"혹시 당신 아니오?"

소붕이 펄쩍 뛰었다.

"그럴 리가! 왜 죄없는 사람에게 누명을 씌우나?"

"당해보니 어떻소, 모함받는 기분이?"

"가히 좋진 않군. 하하하하."

소붕이 껄껄 웃음을 터뜨렸다. 그는 기분을 종잡을 수 없는 인물이었다.

두 사람 뒤로 용하진과 방소소가 따라오고 있었다. 누가 정한 것도 아닌데 그들은 자연스럽게 한 무리로 어울렸다.

소붕이 탄식하며 말했다.

"올해는 틀렸소. 이대로 시험에 통과한다 해도 우린 큰 곤욕을 겪을 거요."

"무슨 소리요?"

용하진의 물음에 그가 대답했다.

"놈의 사부인 풍양이 그냥 있겠소? 그는 자존심 강하기로 유명한 자요. 제자가 합공을 당해 죽었는데 그냥 있겠냔 말이오. 그는 분명 제자의 복수를 하려고 할 거요. 그럼 그 대상이 누가 되겠소? 교관들? 천만에! 풍양이 아무리 담이 크다 해도 사악련에 정면으로 대들지는 않을 것이오."

"그래서? 이번에 뽑힌 사람들에게 복수한다?"

적호의 물음에 소붕이 고개를 끄덕였다.

"그들 중에 홍수가 있다고 여기지 않겠소? 그들 실력쯤 되어야 자신의 제자를 죽였다고 생각할 테니까."

그의 확신에 뒤에 선 용하진과 방소소가 가볍게 고개를 끄덕였다. 확실히 일리가 있는 말이었다.

그때 적호가 단호하게 말했다.

"난 반대라 생각하오."

"뭐요?"

"이번에 뽑히지 못하면 죽게 될 것이오."

세 사람이 무슨 말인지 몰라 어리둥절한 시선을 교환했다.

"일단 뽑히면 그 순간 합격자는 철혈구로의 일원이 되오. 신입이라고 풍양이 마음대로 한다고? 철혈구로가 자신들의 신입들을 못 지켜줄 조직은 아니라고 보는데. 결국 풍양의 화풀이 대상은 이번 시험에서 떨어진 이들이 될 것이오. 풍양이 소문처럼 옹졸하고 치사하다면 더욱더 그렇게 되겠지."

"아아아! 맞소. 내 생각이 짧았소."

소붕이 감탄하며 손뼉을 쳤다. 그러다 깜짝 놀라 소리쳤다.

"헉! 그럼 반드시 통과해야 하잖소?"

자신없다며 머리를 감싸 쥐던 소붕이 세 사람을 돌아보며 말했다.

"우리 넷이 함께 붙으면 좋겠소."

용하진이 코웃음을 쳤고 방소소는 아무 반응도 보이지 않았다.

그 와중에도 용하진은 은근히 방소소를 의식하고 있었다. 평소 이 정도의 외모는 안중에도 없었는데, 그녀가 적호를 자꾸 신경 쓰는 것처럼 느껴지자 질투가 난 것이다. 왠지 자신이 놈보다 못한 사내처럼 느껴져서 기분이 나빴다. 더구나 놈에게 깃발까지 빼앗기자 그 질투심이 더욱 심해졌다.

그들을 숙소까지 데려온 교관이 소리쳤다.
"내일 최종 관문이다. 그때까지 푹 쉬도록!"

     *   *   *

"하압! 합!"
우렁찬 기합 소리가 연무장을 진동했다.
이십여 명의 남녀가 한 동작으로 검을 휘두르고 있었다.
작은 몸놀림 하나만으로도 그들이 일류고수임을 알 수 있었다. 그런 그들이 땀을 뻘뻘 흘리고 있었다.
내력을 사용하지 않고 검을 휘두르고 있는 것이다.
근력과 끈기를 기르기 위한 훈련이 벌써 세 시진째 진행되고 있었다.
그 시간 동안 단 일각도 쉬지를 못한 그들이었다. 모두들 온몸에서 땀이 비 오듯 흐르고 있었고, 금방이라도 쓰러질 듯 다리가 후들거리고 있었다.
하지만 아무도 쓰러지는 사람은 없었다. 이를 악물고 눈에서는 독기가 뿜어져 나왔다.
그 앞에 중년 사내가 서 있었다. 작달막한 키에 단단한 근육을 지닌 그가 바로 황 교관이다.
이곳은 바로 밉이귀병을 양성하는 훈련소였다.
황 교관이 우렁차게 소리쳤다.

관문돌파

"쓰러지면 죽는다! 포기해도 죽는다!"

기합 소리가 커졌다.

황 교관이 우렁차게 소리쳤다.

"맹에서 비싼 돈 들여 너희들을 훈련시키는 이유는 얼치기들을 상대하기 위함이 아니다! 너희 스스로가 고수들이니 잘 알 것이다. 검기를 뿌려대고 검강을 뽑아내는 자들이 얼마나 무서운지. 나가면 매일같이 그런 자들을 상대해야 한다. 이 정도 훈련도 이겨내지 못한다면 너흰 어차피 죽은 목숨이다. 그들에게 온몸이 난도질당해 비참하게 죽을 것이다. 수치스럽게 죽지 말고 차라리 여기서 죽어라!"

황 교관의 독설에 무인들이 이를 악물었다.

"인간은 배신해도 훈련은 배신하지 않는다! 마지막 순간, 너희를 구해줄 사람은 오직 자신임을 잊지 마라!"

훈련생들의 기합에 악이 실렸다.

그때 황 교관 뒤로 또 다른 교관이 뛰어왔다.

그가 심각한 표정으로 귓가에 속삭였다.

"맹에서 연락이 왔습니다."

황 교관의 표정이 순간 굳어졌다. 맹에서의 연락이란 한 가지를 의미했다.

"이번엔 누군가?"

"흑양입니다."

황 교관이 한숨을 내쉬었다.

그가 말없이 훈련생들을 쳐다보았다. 그 하나하나를 응시하던 황 교관이 큰 소리로 말했다.

"오늘 훈련은 여기까지!"

그의 외침에 이십여 명의 훈련생이 일제히 쓰러졌다.

황 교관이 보고를 했던 교관에게 말했다.

"삼호를 내 방으로 불러주게."

잠시 후, 황 교관의 집무실에 삼호가 들어섰다.

땀 냄새를 풀풀 풍기며 그가 우렁차게 인사했다.

"부르셨습니까, 교관님!"

"잠시 앉지."

"괜찮습니다."

그는 기합이 바짝 들어 있었다.

"괜찮으니까 앉아."

그제야 삼호가 황 교관의 맞은편에 앉았다. 그는 긴장하고 있었다. 교관이 훈련생들을 부르는 일은 드물었다.

"자넨 왜 십이귀병이 되고자 지원했는가?"

"사내라면 한 번쯤 도전해 볼 일이라 생각했습니다."

"돈 때문은 아니고?"

"물론 그 이유도 있지만… 그보다 제 자신에 대한 도전입니다."

"그런가?"

"네."

황 교관이 잠시 말이 없다가 불쑥 입을 열었다.

"명우(明雨)."

삼호가 흠칫 놀랐다. 명우는 자신의 이름이었다. 이곳 훈련소에 들어온 이래 한 번도 들어본 적 없던 이름이었다.

"설마?"

명우가 눈을 동그랗게 뜨며 놀랐다.

황 교관이 고개를 끄덕였다.

"오늘 이 순간부터 자넨 십이귀병이 되었네."

"아!"

명우의 얼굴이 환하게 밝아졌다.

그에 비해 황 교관의 표정은 어두웠다. 죽은 흑양도 이렇게 보냈다. 그를 보내던 날이 엊그제처럼 생생하다. 그 역시 이렇게 기뻐했다.

"이제부터 자넨 십이지지의 여덟 번째 지지 미(未), 암호명은 흑양이다."

"아, 흑양이군요!"

십이귀병은 모든 분야에 능숙한 고수들이지만 각자 자신만의 특기를 지니고 있었다. 암살과 첩보, 호위, 침투, 탈출 등이 그것이었다.

누군가 죽게 되면 황 교관은 그와 비슷한 능력을 지닌 이를 보낸다.

무공으로만 따지면 이 새로운 흑양보다 뛰어난 훈련생들이 있었다. 하지만 흑양의 주특기는 첩보 임무였다.

명우는 두뇌 회전과 눈치가 빨랐다. 경공과 은신술에 능했다. 흑앙의 사리에 가장 적합했다.

황 교관이 한옆에 있던 술병과 잔을 두 개 가져왔다.

그에게 한 잔 따라주고 자신의 잔을 채웠다.

"그동안 고생했다."

"아닙니다. 교관님께서 고생하셨습니다."

그건 진심이었다. 다들 황 교관이라면 이를 갈았다. 하지만 그렇다고 황 교관을 진짜 미워하는 사람은 없었다. 그는 진심으로 훈련생들을 대했다. 아무리 독해도 진심으로 대하는 사람을 미워하진 않으니까.

"나를 보는 것은 오늘이 마지막이 될 것이다."

명우가 황 교관을 감격스런 눈빛으로 바라보았다. 고맙다는 말만으로는 부족한, 그는 진짜 훌륭한 교관이었다.

황 교관이 자신의 술잔을 내려다보며 말했다.

"오래전 왜 십이귀병이 되었냐는 물음에 누군가 그랬다네. 돈이 필요하다더군. 그는 아직까지 죽지 않고 살아 있네. 가장 오래 버티고 있는 귀병이지. 자네에게 왜 이런 말을 하는지 알겠나?"

"모르겠습니다."

"이 일에 환상을 갖지 말란 말이네."

"……!"

"이 일에 너무 큰 가치를 부여하지 말게."

황 교관의 당부는 거기까지였다. 예전에는 떠나는 귀병에게 이런 말을 해주지 않았다. 그때는 오히려 자신이 나서서 훈련생들에게 가치를 부여해 주려 애썼다. 그것은 때론 협의기도 했고 정의이기도 했으며 때론 명예이기도 했다.

지금은… 잘 모르겠다.

어떤 의미를 붙여서 내보내는 것이 옳은 일인지. 이제 이 일을 은퇴할 때가 되어간다고 생각했다.

"잘 가게. 나머지 세부 사항은 용 교관이 알아서 알려줄 것이네."

자신의 잔을 비우고 명우가 자리에서 일어났다.

돌아서 나가려던 그가 다시 돌아서며 꾸벅 인사했다.

"그래도 전 이 일에 제 인생에서 가장 큰 가치를 부여하겠습니다. 그랬기에 지금까지 참아낸 거니까요."

황 교관이 고개를 끄덕이며 환하게 웃어주었다.

"부디 죽지 말게!"

* * *

다음날 아침, 입로시험의 마지막 관문이 시작되었다.

스무 명이 커다란 건물 앞에 섰다.

석파양은 이번 관문 역시 포기할 기회를 주었다. 물론 아무도 나서지 않았다. 이제 마지막 한 고비였다. 뽑아야 할 사람이 넷, 응시자는 스물. 다섯 중의 하나에만 들면 되었다.

"규칙은 하나다. 이곳에 들어간 후 출입문을 찾아서 나와라. 단, 벽을 부수고 나오면 탈락이다."

모두들 긴장했다. 마지막 관문인만큼 상상도 못할 위험이 기다리고 있을 것 같았다.

"간격을 두고 한 명씩 들어간다. 합격자는 선착순 네 명이다. 따라서 일찍 들어가는 것이 유리할 것이다. 하지만 일찍 들어가면 더 위험하다. 선택은 너희가 해라."

이번 시험에 대한 주최측의 일관된 의지를 엿볼 수 있었다. 운도 실력임을, 동시에 그 어떤 불리함도 다 넘어서는 사람을 뽑겠다는 의지를 그들은 끝까지 고수했다.

누군가 용감하게 앞장섰다. 눈치를 살피던 이들이 그 뒤를 따라 주르륵 줄을 섰다.

그렇게 약간의 시간 차를 두고 한 명씩 입장했다.

적호는 열 번째로 들어갔다.

건물 안은 좁은 복도로 이어져 있었다. 사방을 밝힌 어둑한 붉은 조명이 으스스한 분위기를 연출했다.

적호가 천천히 걸음을 옮겼다. 좌우의 벽에는 이상한 도형들과 알아볼 수 없는 문자들, 갖가지 기괴한 그림들로 가득 차 있었다. 벗은 여인들이 춤을 추거나 괴물이 사람을 잡아먹는,

그런 그림들이었다.

천천히 걸음을 옮기던 적호의 표정이 진지해졌다.

뭔가 이상했다. 비단 벽의 글자와 그림 때문이 아니었다. 이 공간 자체가 어떤 기운을 뿜어내고 있었다. 사람을 묘하게 흥분시키는 어떤 기운을.

적호가 후각에 모든 신경을 집중했다.

공기 중에 무엇인가 섞여 있음을 알아차렸다. 미혹향(迷惑香)이었다.

미혹향은 사람을 흥분시키는 미약(媚藥)의 일종이었다. 적은 양을 마셨을 때는 최음 효과를 내지만, 많이 마시게 되면 정신이 마비되고 환각을 보게 되어 끝내 광기에 휩싸이는 약이었다. 그것이 바로 일찍 들어가면 위험하다는 이유였다.

길은 거미줄처럼 복잡한 미로였다.

적호가 검을 꺼냈다. 그리고 갈림길이 있을 때 자신이 어느 길을 선택했는지 검으로 바닥에 표시를 했다. 물론 다른 사람들은 알아보지 못할 미세한 표시였다.

그렇게 한참을 진행했음에도 막다른 길도, 출구도 나오지 않았다. 내부는 생각했던 것보다 훨씬 크고 복잡했다. 아마도 이번 단계를 위해 특별히 제조한 곳인 것 같았다.

"으으으으."

어디선가 흐느낌이 흘러나왔다. 소리가 나는 곳으로 적호가 천천히 걸음을 옮겼다.

구석 자리에 누군가 쪼그리고 앉아 있었다.

가장 먼저 들어갔던 사내였다. 그는 완전 얼이 빠진 채 침을 질질 흘리고 있었다.

"안 돼! 오지 마!"

적호를 보고 사내가 공포에 질려 소리쳤다. 미혹향이 환각을 일으키고 있었다. 사내의 눈에는 적호가 흉측한 괴물로 보였다.

"오지 말라니까!"

그가 검을 뽑아 들고 적호에게 달려들었다.

휘리릭, 쿵!

적호가 사내의 발을 차면서 동시에 가볍게 손목을 낚아채 돌렸다. 사내가 허공에서 한 바퀴 휙 회전한 후 그대로 바닥에 추락했다.

쿠웅!

사내가 그 충격으로 정신을 잃었다. 미쳐 버리기 전에 차라리 정신을 잃는 것이 그를 위해서 나았다.

이곳저곳에서 흐느낌 소리가 들렸다.

빠르게 걸음을 옮기던 적호의 발걸음이 멈췄다. 본능이 위급함을 알리고 있었다.

적호가 벼락처럼 돌아서 뒤를 향해 날렸다.

뒤에서 뭔가 끼시는가 싶더니.

슈와아아아앙!

무엇인가 등 뒤에서 엄청난 속도로 날아왔다.

적호는 돌아보지 않았다. 끝까지 달려가 모퉁이로 몸을 날렸다.

촤아아악!

시커먼 액체가 뒤쪽 벽을 강타했다.

치이이이이익!

다음 순간, 역한 냄새를 내며 벽에서 연기가 나기 시작했다.

독이었다.

한 바퀴 바닥을 구른 적호가 힐끔 뒤를 확인한 후 훌쩍 멀리 몸을 날렸다.

벽까지 녹이는 것을 볼 때 연기만으로도 치명적인 독이었다.

그 순간, 철컹 하며 머리 위 천장이 열렸다.

쉬이잉!

누군가 뛰어내리며 날카로운 검을 찔러왔다.

적호가 몸을 회전하며 검을 피했다. 동시에 사정없이 상대를 걷어찼다.

파앙!

적호의 공격을 막아내며 사내가 뒤로 튕겨졌다. 머리를 치렁치렁 늘어뜨리고 악귀탈을 쓴 사내였다.

탈에는 피가 뚝뚝 떨어지고 있었는데, 보는 것만으로도 간담이 서늘해지는 모습이었다. 정말 정교하게 만들어진 탈이었다. 미혹향에 취한 상태에서 보게 된다면 정말 귀신을 보았다고 착각할 정도였다.

쉬이익!

사내가 다시 검을 내지르며 달려들었다.

창창창창!

검끼리 불꽃을 일으켰고, 사내의 검이 아슬아슬하게 적호의 귀밑을 스치던 그 순간.

퍼억!

적호의 주먹이 사내의 복부에 박혔다.

사내가 그대로 바닥에 쓰러졌다. 적호가 사내의 탈을 벗겼다. 짐작대로 사내는 교관이었다.

사방에서 비명 소리가 들렸지만 적호는 침착했다. 천천히 교관의 품속을 뒤졌다.

암기며 구급약이며 돈이며, 여러 가지 물품이 나왔다. 그중 한 가지에 적호의 눈빛이 반짝였다.

적호가 집어든 것은 원형의 작은 동패(銅牌)였다.

그것이 어떤 용도로 쓰이는지 적호는 알았다. 적호의 시선이 교관이 뛰어내린 천장으로 향했다. 이미 그곳의 문은 다시 닫혀 있었는데 그 가운데 작은 구멍이 나 있었다. 딱 동패 크기의 구멍이었다.

적호가 훌쩍 뛰어올라 그것에 동패를 끼워 넣었다. 적호가 내려섰을 때 천장의 문이 열렸다. 그리고 그와 동시에.

관문돌파 105

찰캉! 쉬쉬쉬쉬쉬쉭!

천장에서 십여 개의 강침이 쏟아진 것이다.

이미 적호는 옆으로 피한 후였다. 기관이 작동하기 전 그 특유의 미세한 진동을 느꼈던 것이다.

적호가 훌쩍 천장으로 날아올랐다.

적호가 안으로 올라가자 문이 자동으로 닫혔다. 그곳은 사람 하나가 앉아 있으면 꽉 차는 공간이었다.

적호가 비수를 꺼내 천천히 천장을 살폈다. 절대 벽에 손을 대지 않았다. 혹시라도 벽에 독이 발라져 있을까를 걱정한 것이다.

천장 구석에 문을 여는 기관장치가 있었다. 그것을 누르자 지붕으로 향하는 문이 열렸다.

철컹!

적호가 지붕 위로 올라갔다.

짝짝짝!

적호가 올라서자 뒤쪽에서 박수 소리가 들렸다.

돌아보니 석파양과 교관 몇 사람이 서서 박수를 치고 있었다.

저 멀리 용하진이 서 있었다. 그는 적호보다도 먼저 지붕의 탈출구를 찾아 나온 것이다.

'이 관문의 해법을 미리 알고 있었군.'

적호는 그렇게 확신했다. 그렇지 않고선 용하진 정도의 실력과 경험으로 이 관문을 통과하긴 불가능했다.

방금 전 미로의 핵심은 출구가 없다는 점이었다. 더 정확히 말하자면 출구가 천장에 있다는 것이다.

보통 사람이 복도식 미로에 빠지면 오직 길을 잃지 않기 위해 집중하게 된다. 어떻게든 한 번 간 곳을 다시 가지 않으려고 애쓰는 것이다.

여러 가지 방법들이 동원된다. 벽과 바닥에 표시를 하거나, 한쪽 벽에 손을 댄 채 그 손을 떼지 않고 걷는다거나.

하지만 방금 전 미로에는 정상적인 출구가 없었다. 미혹향이 퍼지고 있는데다 귀신탈의 기습, 거기에 독액과 기관장치까지.

깊이 생각할 여유가 없는 것이다. 지금 이 순간에도 모두들 없는 출구를 찾기 위해 헤매고 있을 것이다.

잠시 후, 덜컹 하며 천장이 열리고 누군가 기어올라 왔다.

놀랍게도 다음 합격자는 방소소였다.

석파양과 교관들이 박수를 쳐주었다. 그녀는 매우 지쳐 있었고 부상당한 팔에서는 피가 뚝뚝 떨어지고 있었다.

용하진은 적호의 합격이 못마땅했다. 방소소에게 자신이 가장 먼저 나왔다는 것을 말해주고 싶었다. 물론 그것을 알릴 분위기는 아니었다.

그리고 잠시 후, 마지막 합격자가 나왔다.

죽는 소릴 하며 머리를 내놓은 그는 바로 수봉이었다.

"우와! 무슨 이런 미친 미로가 다 있지?"

엄살을 부리고 있었지만 적호는 그가 털끝 하나 상처를 입지 않았음을 알았다.

적호의 눈빛이 가늘어졌다. 그가 범상치 않음은 이미 알고 있었다. 하지만 이번 관문은 노련한 고수들도 통과하기 쉽지 않았다.

박수를 쳐주는 석파양 역시 크게 놀랐다.

'올해는 정말 재능있는 놈들이 많이 들어왔구나.'

사실 이 최종 관문은 올해 처음으로 만들어진 것이었다.

이렇게 빠른 시간 안에 관문을 통과하는 이들이 나올 줄은 생각지 못했다.

시간이 지나면 하나씩 하나씩 기관을 해제하며 응시자들에게 단서를 주려고 계획하고 있었다. 처음에는 미혹향을 해제하고, 다음으론 독물 기관을 멈추고, 다음으로는……

하지만 그럴 필요가 없었다. 제일단계에서 합격자 넷이 모두 뽑힌 것이다.

"자, 일단 내려가지."

석파양이 지붕에서 아래로 뛰어내렸다.

네 사람도 그 뒤를 따라 뛰어내렸다.

석파양이 교관에게 눈짓했다.

"이만 끝내도록."

교관이 한옆의 기관을 조종했다. 그러자 지붕 위로 교관들이 하나둘씩 올라왔다. 동료들이 모두 빠져나온 것을 확인하고는 교관이 다시 기관을 조종했다.

다음 순간, 철컹 하는 소리와 함께 건물이 진동했다.

쿠르르르릉!

동시에 안에서 비명 소리가 터져 나왔다.

"아아아악!"

모든 살상용 기관장치가 한꺼번에 작동하기 시작한 것이다. 안에 있는 사람들을 모두 죽여 버리고 있는 것이다.

적호가 인상을 찌푸렸다.

마음 같아선 이 빌어먹을 놈들을 모두 베어버리고 싶었다. 아무리 사파라지만, 이건 정도를 넘어선 처사였다.

작년에 아흔아홉이 죽었다고 발표했지만 실제는 그보다 훨씬 많은 이들이 희생당했을 것이란 생각이 들었다. 희생자 가족들이 모두 한자리에 모이지 않는 한, 몇 명이나 죽었는지 절대 알 수 없을 테니까.

석파양이 회심의 미소를 지으며 말했다.

"이제 누가 합격했는지 아무도 모를 것이다."

마치 이 모든 것이 너희들을 위한 배려란 표정이었다. 그러니 감사하라는.

용하진은 미소를 지었고, 소붕은 너무 잔인하다며 호들갑을 떨었다. 방소소는 담담했다.

소붕의 말처럼 정말 마차에 탔던 네 사람이 합격했다. 공교롭게도 시험 과정 내내 적호와 인연을 맺었던 이들이었다.

이게 우연이라고?

문득 사부의 목소리가 마음속에 울려 퍼졌다.

"강호에 우연 따윈 없다. 우연을 가장한 필연이 있을 뿐이다. 기연미연(其然未然)하다면 그 즉시 검을 뽑아라."

긴가민가한 의심이 들면 그것은 반드시 음모일 가능성이 높다는 뜻이었다. 세 사람을 바라보는 적호의 눈빛이 깊어졌다.
석파양을 비롯한 교관들이 네 사람 앞에 줄을 맞춰 늘어섰다. 그들이 예를 갖춰 합장하며 우렁찬 목소리로 인사했다.
"축하한다!"
"축하드립니다!"
합격한 순간, 일반 교관들보다 직위가 높아진 그들이었다.
소붕이 히죽 웃으며 적호에게 말했다.
"앞으로 잘 부탁하네, 나쁜 남자."
적호가 그를 힐끗 쳐다보았다. 그래, 그는 자신에게 부탁해야 한다. 이 기분 나쁜 의심스러움이 계속된다면 결국 그는 자신의 손에 죽게 될 테니까.
적호가 밝은 웃음으로 화답했다.
"나야말로."

第十四章

철혈입로

절대
강호

"뭐하냐, 너?"

지나가던 엄백양이 조비랑 옆에 멈춰 섰다.

조비랑은 서류를 한 가득 쌓아놓고 뭔가를 들여다보고 있었다.

"아, 지난 작전들을 분석하고 있습니다."

"그건 왜? 혹시 내가 시켰냐? 술이 덜 깨서 그런 거니 그만해라."

"아닙니다. 부각주님께서 시키신 일이 아닙니다."

"그럼? 너희 선배들이 맛 좀 보라며 다 파악하래?"

엄백양이 힐끔 다른 수하들을 쳐다보았다. 홍사백은 제자리에서 꾸벅꾸벅 졸고 있었고, 임영달은 감자를 깎아 먹고 있었다. 왕소찬은 비수로 손톱을 다듬고 있었다.

"그것도 아닙니다."

"그런데 왜?"

"당연히 알아야지요. 어떤 작전들이 어떻게 수행되었는지. 그 실패를 밑거름으로 더 나은 작전을 세워야지요."

"멋진 생각이긴 한데… 안 귀찮으냐?"

"전혀요."

조비랑이 비장한 표정을 지었다.

"제가 이 일을 지원한 이유는 강호의 정의와 사라진 협의를……."

엄백양이 그의 입을 억지로 틀어막았다.

"됐어! 거기까지. 계속 강호를 지키도록! 대신 조용히! 특히 내겐 절대 알리지 말고!"

저만치 걸어가던 엄백양이 다시 돌아와 조비랑의 뒤통수를 때렸다.

딱!

"왜 때리십니까!"

"네가 내 수하인 게 기뻐서 그런다!"

"아, 감사합니다!"

더욱 신이 나서 서류를 뒤지는 조비랑을 뒤로한 채 엄백양이 각주실로 들어갔다.

"저놈이 상관이었으면 우린 다 말라 죽었을 겁니다."

엄백양의 말에 구양서가 피식 웃었다. 매번 자리를 비우던 구양서는 근래 집무실을 비우지 않았다. 적호와 관련된 보고를 기다렸기 때문이다.

"오늘부로 새 흑양을 배치했습니다."

"쉬운 임무부터 맡기도록 하게. 적응 기간을 줘야지."

"알겠습니다."

구양서가 조금 침울한 표정으로 물었다.

"그가 전하지 못한 정보가 어떤 것인지 파악이 되었나?"

죽은 흑양에 대한 이야기였다.

엄백양이 침울한 표정으로 고개를 가로저었다.

"아무래도 힘들 것 같습니다."

비선까지 요청했다면 대단히 중요한 정보였을 것이다. 하지만 흑양이 남긴 단서가 너무 적었다. 그 정보를 입수하는 순간, 정체가 들통난 것 같았다.

"계속 알아보도록 하게."

"알겠습니다."

구양서가 목소리를 살짝 낮췄다.

"적호가 무사히 철혈구로에 들어갔네."

"그렇습니까?"

당연한 일이라 생각했다. 그래도 역시 대단하긴 대단한 녀석이다.

"이번 일, 끝까지 기밀 유지에 신경 써야 하네."

구양서가 창밖을 힐끔 쳐다보았다. 마치 수하들조차 믿지 못하겠다는 표정이었다. 엄백양은 사안이 사안인만큼 그의 신경이 날카롭다고 이해했다.

"걱정 마십시오."

돌아서 나오려던 엄백양이 신경쇠약 직전의 구양서를 위로하며 한마디 덧붙였다.

"적호는 잘해낼 겁니다."

                    *   *   *

같은 시각, 몇천 리 떨어진 곳에서도 같은 대화가 오가고 있었다.

"사도십객이 무사히 철혈구로의 잠입에 성공했습니다."

기영의 보고에 종리문이 만족스런 표정으로 고개를 끄덕였다.

기영이 의미심장한 눈빛을 발했다.

"그리고 합격자들 중에서 놈이 누군지 알아냈습니다."

"벌써?"

"네, 그가 거의 확실하다는 분석입니다."

"누군가?"

"양현이란 놈입니다."

기영은 정확히 적호의 신원을 알아냈다.
"허가를 내려주시면 곧바로 제거하겠습니다."
종리문은 턱을 매만지며 숙고했다. 없애 버리란 한마디는 쉽게 나오지 않았다.
"놈이 정말 철혈대로를 죽이러 온 것일까?"
아무리 생각해도 종리문은 납득이 가지 않았다.
사도십객을 운영해 봐서 안다. 저들이 십이귀병을 움직일 때는, 그것도 최고의 실력을 지닌 귀병을 투입했을 때는 뭔가 특별한 이유가 있을 것이다. 멸천단주 환악소를 암살할 때도 분명 이유가 있었다. 당시 환악소는 신군맹과의 전쟁을 주장하며 자신의 세력을 넓혀가고 있었다. 그를 제거하지 않으면 조만간에 전쟁이 터질 수 있다는 분석이 암살 명령으로 내려졌을 수 있었다.
하지만 지금 이 시점에서 철혈대로의 암살은 뭔가 설득력이 떨어졌다. 다른 목적이 있을 것 같은 느낌이었다.
"마음에 걸리십니까?"
"자네는 어떤가?"
종리문이 기영을 응시했다.
그렇다면 그렇고, 아니라면 아니었다. 뭔가 찝찝하긴 했지만, 그렇다고 다른 목적이 있다고 하기에는 너무 짐작되는 바가 없었다.
"놈의 목적을 알아볼 수 있겠나?"

"이미 놈은 그물 안의 고기입니다. 한데……."

기영이 조심스런 표정을 지었다.

"나중에라도 철혈대로가 이 사실을 알면 불쾌해하지 않겠습니까?"

적호가 잠입한 일이나 사도십객을 투입한 일까지, 모든 일들은 철혈대로 모르게 돌아가고 있었다.

"기분이 나쁘겠지."

원래라면 당연히 알려야 했다.

아무리 적호가 그물 안의 물고기라고 해도, 놈은 그물을 찢어발기는 상어였다. 그것도 세 겹의 그물을 찢고 달아난 적이 있는 사나운 상어였다.

만에 하나라도 정말 철혈대로가 암살이라도 당한다면, 자신이 그에 대한 책임을 져야 했다.

하지만 당분간은 그에게 알릴 생각이 없었다.

그럴 만한 이유는 있었다. 우선은 눈앞의 기영처럼 그는 자신의 계보가 아니었다. 기영은 자신의 수족이었다. 사도십객의 수장이란 강력한 지위를 지녔음에도 자신에게 충성했다.

하지만 철혈대로는 아니었다. 그는 자신을 경쟁자로 생각했다. 충분히 그럴 만한 힘을 지녔다.

물론 그렇다고 종리문은 적호에게 철혈대로가 제거당하기를 바랄 정도로 공사 구분이 어두운 사람은 아니었다.

게다가 이것저것 다 떠나서 그에게 알리기 꺼려지는 일이 있었다.
 바로 그의 자존심이었다.
 그는 자신을 죽이러 온 적호를 그냥 두지 않을 것이다.
 자신의 명령을 거역하더라도 독자적으로 그를 처리하려고 할 것이다. 절대 종리문이 바라는 바가 아니었다. 놈이 침입한 목적을 밝혀, 이 찝찝한 마음을 해소해야 했다.
 "시작도 우리가 했으니 마무리도 우리가 짓자고."
 "알겠습니다."
 "한데 만에 하나라도 비상사태가 벌어지면 사도십객 하나로 그를 해치울 수 있겠나?"
 그러자 기영이 묘한 웃음을 지으며 말했다.
 "아, 제가 하나만 잠입시켰다고 말씀드렸습니까?"

* * *

 마차가 사악련 본단 앞에 멈춰 섰다.
 제아무리 경공의 고수라도 절대 넘을 수 없는 거대한 높이의 성이 모습을 드러냈다. 성문은 거대한 철문이었다.
 정문의 옆에는 큰 초소 건물이 지어져 있었고, 그 주위로 삼십여 명의 무인이 늘어서 있었다. 하나같이 훈련이 잘된 무인들이었다.
 "모두 내리시오!"

네 사람이 마차에서 내렸다.

마차에서 내리면서 용하진이 자랑스럽게 말했다.

"저들이 바로 본 련의 자랑인 결사대(決死隊)의 무인들이오. 목숨으로 본 련을 수호하는 최정예 수비대지요."

결사대 무인들은 사악련 본성을 수비하는 정예 무인들이었다. 과연 그 하나하나의 눈빛이 예사롭지 않은 것이 단순한 문지기들이 아니었다.

그들 중 가장 나이가 있어 보이는 무인 하나가 다가왔다. 그는 정문 책임자인 주달(周達)이었다.

네 사람을 인솔해 온 교관이 주달에게 서류를 내밀었다. 주달이 찬찬히 서류를 살폈다.

"철혈구로의 신입분들이군요."

주달이 서류와 네 사람을 꼼꼼히 확인한 후 적호에게 말했다.

"자, 한 분씩 절 따라오시죠."

그가 안내한 곳은 입구 옆에 마련된 초소였다. 먼저 지목받은 적호가 안으로 들어갔다. 그 뒤를 따라 네 명의 결사대 무인들이 들어갔다.

초소 안에는 노인이 한 명 앉아 있었다.

"잠시 그대로 계시오."

노인이 적호에게 다가섰다. 노인이 천천히 얼굴을 만졌다.

적호는 그가 자신이 인피면구를 착용했는지의 여부를 확인

하고 있다는 것을 알아차렸다. 아마도 노인은 이 분야의 전문가일 것이다.

노인은 적호에게서 이상한 점을 발견하지 못했다.

사실 노인은 인피면구뿐만 아니라 얼굴을 변형시키는 무공에 대해서도 조예가 깊었다.

하지만 천변백면공은 적어도 신체를 변화시키는 무공 중에서는 최상급의 무공이었다. 노인의 안목이 아무리 높더라도, 천변백면공의 허점을 찾아내진 못했다.

노인이 주달에게 고개를 끄덕였다.

"됐습니다. 나가시지요."

그렇게 다른 세 사람도 검사를 했다. 적호는 다른 세 사람 중에는 적어도 인피면구를 쓴 사람이 없다는 것을 알고 있었다. 자신처럼 상승의 신체 변형공을 연마했다면 모를까, 면구에 있어선 적호도 전문가라면 전문가였다. 그렇게 네 사람 모두 검사를 마쳤다. 처음 사악련 소속의 무인이 되면 모두가 거쳐야 하는 과정이었다.

조사가 끝나자 긴장해 있던 주달의 표정이 풀렸다. 그가 네 사람에게 가볍게 포권하며 인사했다.

"앞으로 본 련을 위해 힘써주시길 바랍니다. 철혈구로에 들어가신 것을 진심으로 축하드립니다."

뒤에 선 무인들이 함께 인사했다. 그만큼 철혈구로는 권위가 있었고, 모두의 신뢰를 받고 있었다.

용하진이 의기양양한 표정으로 대표로 인사를 받았다.

"최선을 다하겠소. 환영해 주셔서 감사하외다."

네 사람이 다시 마차에 올랐다.

"문을 열어라."

크르릉!

거대한 괴수가 입을 벌리듯 철문이 천천히 열렸다.

마차가 안으로 들어갔다.

창밖을 향한 적호의 눈빛이 깊어졌다. 드디어 사악련 본단에 들어선 것이다. 본격적인 임무가 시작된 것이다.

본단에 들어서서도 마차는 한참을 달려 들어갔다.

"와, 엄청나게 넓구나."

아이처럼 들떠서 창밖을 둘러보던 소붕이 용하진에게 물었다.

"자넨 본단에 여러 번 와본 적이 있겠군."

그러자 용하진이 고개를 내저었다.

"어려서 와보고… 근래에는 나도 처음이다."

"의외군. 당연히 와본 줄 알았는데."

"아버진 공사가 분명한 분이시다."

말은 당당했지만 그의 표정은 어두웠다.

그의 말처럼 수라혈마단주 용천세는 냉혹한 손속으로 유명했지만 반면에 공정한 사람으로 알려져 있었다. 그는 사악련 무인답지 않게 도덕적 청렴성을 중요시했다.

하지만 용하진은 그런 아버지를 조금도 닮지 않았다. 그리고 그는 아버지를 싫어했다. 둘의 사이가 멀어진 것도 한두 해 사이의 일이 아니었다.

적호의 예상대로 그는 첫 번째 관문의 질문도, 마지막 관문의 해법도 모두 알고 있었다. 그리고 그것은 부친인 용천세가 알려준 것은 아니었다. 그의 부친에게 잘 보이고 싶어하는 이들에게 얻은 정보였다.

용하진은 아버지가 참으로 이기적이고 답답한 사람이라 생각했다.

아래서부터 올라가더라도 그것은 수라혈마단이 되어야 하지 않는가? 아버지는 자신의 도덕성을 지키기 위해 자식을 희생시키고 있는 셈이었다.

백번 양보해서 아무 기반도 없는 철혈구로 아들을 보내면, 당연히 자신에게 시험 내용 정도는 알려줘야 하는 것이 아닌가?

소붕이 이번에는 적호와 방소소를 쳐다보았다.

"그쪽은 물론 처음이겠지?"

적호가 고개를 끄덕였다.

이 년 전의 임무는 이곳 사악련 본단 중에서도 가장 깊숙한 곳에서 진행되었다.

그 사건 이후 사악련의 중요 건물들의 위치와 내부 경계, 기관의 위치 등이 전격적으로 조정되었다고 들었다. 그런 면에서는 적호도 이곳이 처음이라 볼 수 있었다.

소붕이 적호의 상념을 깼다.

"이런 말을 해도 될까 모르겠지만… 자넨 이런 일에 어울리지 않는 것 같네."

적호는 아무 반응도 보이지 않았다. 못 들은 척 마차 창밖만 쳐다보았다.

"왜 그렇게 생각하죠?"

적호를 대신해 질문을 던진 사람은 방소소였다.

"우리 같은 잔챙이들과는 뭔가 느낌이 다르지 않소? 더 큰 일을 할 사람처럼 보인다는 말이지요."

방소소가 동감한다는 듯 고개를 한 번 끄덕였다.

분명 용하진이 질투를 하고 있다는 것을 느꼈을 것인데도 방소소는 이렇게 용하진을 자극했다.

그것이 의도적인 행동인지, 아니면 원래 무신경한 성격인지는 알 수 없었다.

자꾸 소외받는 것 같아 용하진은 기분이 나빴다.

넷이 모여 이야기를 나누는데 적호가 화제가 되고 있다. 그건 용하진의 인생에서 있을 수 없는 일이었다.

언제나 삶의 주인은 자신이었다. 주위 사람들은 언제나 자신을 궁금해했고, 자신의 말을 경청했다. 입을 열면 자신을 칭찬했고, 자신을 부러워했다.

그런데 이 네 명과 있으면서는 철저한 소외감과 무력감을 느꼈다. 정말 잔챙이가 된 기분이 들었다.

그것이 질투와 뒤섞이면서 그의 마음을 비틀고 있었다.

'두고 봐라. 저 건방진 놈을 내 발아래에 두고 말 테니까!'

용희진이 애써 분노를 억누르며 말했다.

"본래 겉모습으로 판단해서는 안 되는 법이지."

적호를 겨냥한 말이었지만, 오히려 적호만이 그 말을 가장 진지하게 받아들이고 있었다.

그때 마차가 멈춰 섰다.

"자, 내리십시오."

네 사람이 마차에서 내렸다. 그들이 도착한 곳은 철혈구성(鐵血九城)이라 불리는 철혈구로의 본거지였다. 중앙 건물은 상징적으로 외벽이 철로 만들어져 있었다.

"저 건물로 들어가십시오."

지금까지 그들을 인솔했던 무인들이 그곳에서 돌아갔다.

이제 네 사람은 완전히 철혈구로의 소속이 된 것이다.

그들이 연무장을 가로질러 걸어갔다. 연무장에서 개별 훈련을 하던 철혈구로의 무인들이 네 사람을 흥미롭게 쳐다보았다.

네 사람이 건물로 들어섰다.

일층에서 철혈구로의 무인 하나가 기다리고 있었다.

"자, 따라들 와라."

사내가 그들을 일층 복도 끝의 대기실로 안내했다.

"잠시 이곳에서 대기하도록."

사내가 그곳을 떠났다.

"드디어 시작이군. 후후후."

용하진이 여유롭게 웃었다. 이곳에서 얼마간 지내고 있으면 아버지가 수라혈마단으로 부르실 것이다. 용하진은 그렇게 믿었다.

소붕이 적호에게 넌지시 말했다.

"같은 조가 되면 좋겠네."

그러자 용하진이 싸늘히 말했다.

"넌 저놈이 뭐가 그리 좋지? 혹 사내놈을 좋아하는 취향인가?"

화가 날 만한 말이었지만 소붕이 킬킬 웃었다.

"어설픈 사랑보단 우정이 낫지. 암, 그렇고말고."

용하진이 비웃으며 말했다.

"그 우정이 순수한 우정인지 의심스럽군."

"순수한 사람만이 알아볼 수 있는 우정이라네."

그때 그곳으로 양손에 짐을 가득 든 중년 무인이 들어왔다.

내려놓은 짐은 네 개의 커다란 가죽 주머니였다.

"난 제일조구로다."

그는 일조란 말에 힘을 주었다. 철혈구로 중에서도 가장 뛰어난 실력을 지닌 이들이 일조에 속해 있었다. 그의 자부심은 당연한 것이었다. 그리고 그들은 정말로 이름을 버리고 정해진 숫자만을 사용했다.

"우선 철혈구로에 들어온 것을 환영한다."

구로가 네 사람을 하나씩 둘러보았다.

"올해 너희들의 성적이 꽤나 우수하다는 말을 들었다. 하지만 그깟 알량한 재주가 이곳에서도 통하리라곤 생각지 마라. 선배들에게 건방떨지 마라. 항상 겸손해라. 알겠나?"

"알겠습니다!"

네 사람이 입을 맞춰 대답했다.

"용하진이 누군가?"

"접니다!"

"아버님이 수라혈마단주님이시라고?"

"그렇습니다."

가져왔던 가죽 주머니를 건네며 말했다.

"그렇다고 특별 대우를 바라진 마라."

"각오하고 있습니다."

그렇게 대답했지만 용하진은 내심 코웃음을 쳤다.

'너희가 특별 대우를 하지 않을 수 있을까?'

아무리 미운 아버지지만, 그렇기에 이용할 것은 확실히 이용할 것이다.

구로가 이번에는 방소소를 보며 말했다.

"당연히 여자라고 특별 대우도 없다. 알겠나?"

"물론입니다."

그녀에게도 가죽 주머니가 건네졌다.
이번에는 소붕에게 주머니를 건넸다.
"그렇게 실실 웃다간 뼈도 못 추리는 곳이다. 명심해라."
"알겠습니다!"
마지막으로 구로가 적호를 쳐다보았다.
"그럼 양현이 너냐?"
"그렇습니다."
이미 이번 시험에 대한 여러 소문이 그들 사이에 퍼진 모양이었다.
"제법 잔머리를 굴릴 줄 안다고 들었다."
"운이 좋았습니다."
"그래야지. 항상 그렇게 겸손해라."
"명심하겠습니다."
구로가 적호에게도 가죽 주머니를 건넸다.
"곧 너희가 배정받을 조의 선배가 와서 너희를 데려갈 것이다. 그때부터 너희들은 지금까지의 과거는 모두 잊어야 한다. 조용히 대기하도록."
구로가 그곳을 나갔다.
가죽 주머니에 든 것은 철혈구로의 기본 지급품이었다.
철혈구로의 기본적인 행동 방침이 적힌 책자와 철혈구로의 정복 두 벌, 훈련용 무복이 두 벌, 유엽비도 두 상자와 각종 구급약품 한 상자, 그리고 팔목에 둘러 비수를 꽂을 수 있는 가죽대 등이었다.

용하진이 비도가 든 상자를 못 열어서 이리저리 흔들어댔다.

"여긴 뭐가 들었지?"

이리저리 만져 보던 그가 간신히 상자를 열었다. 안에 든 것이 비도임을 확인한 그가 시큰둥한 반응을 보였다.

"쳇, 비도였군."

그는 자신의 무공에 자신만만했다. 비도를 던지는 것을 비겁한 행동이라 생각했다.

그에 비해 소붕은 다른 반응을 보였다.

"와! 멋진데."

소붕이 비도를 꺼내 들며 감탄했다.

순간 적호의 눈이 반짝였다. 상자를 여는 소붕의 손놀림이 눈에 들어왔던 것이다.

소붕은 비도 상자를 한 번 만에 자연스럽게 열었다.

이 비도 상자는 무력 집단의 타격대들이 주로 사용하는 것이었다.

신군맹에서도 이 비슷한 상자를 지급했다. 손가락을 넣어 딸각 위로 한 번 밀어야만 열 수 있는 상자였다.

뛰고 달리고, 적과 싸우는 일이 많은 그들이었기에 쉽게 열리지 않도록 마련된 장치였다.

이전에 이 상자를 열어보지 않은 사람은 한 번에 열기 힘들었다.

　적어도 소붕은 이전에 이 상자를 한 번 이상 사용해 보았다는 의미였다.

　별것 아닌 것 같았지만 그 사실은 의미심장했다. 왜냐하면 일반 무가의 무인들은 이 비도 상자를 사용할 일이 거의 없기 때문이다.

　용하진이 한 번에 상자를 열지 못하고 헤맨 것도 그런 이유였다.

　하지만 무심코 비도 상자를 연 소붕은 그 손놀림이 매우 자연스러웠다.

　놈은 분명 어떤 조직에 속해 있었다.

　적호는 그렇게 결론을 내렸다.

　방소소는 거기에 뭐가 들었는지 알아서인지 상자를 열어보지 않았다.

　그때 또 다른 누군가가 안으로 들어섰다.

　"삼조사로다. 여기 소붕이 누군가?"

　"접니다."

　소붕이 자리에서 벌떡 일어났다.

　"넌 우리 조에 배정되었다. 따라오도록!"

　"저 혼자 말입니까?"

　사로가 무섭게 인상을 굳혔다.

　"그럼 다 같이 손이라도 잡고 갈 줄 알았나? 놀러 왔냐?"

"아닙니다."

"정신 똑바로 차리도록!"

사로가 그를 데리고 나갔다. 소붕이 아쉬운 표정으로 나머지 셋을 향해 손을 흔들었지만 아무도 받아주지 않았다.

곧바로 다시 누군가 들어왔다.

"난 육조삼로다. 여기 용하진과 방소소가 누군가?"

"네! 접니다."

용하진과 방소소가 벌떡 자리에서 일어났다.

"너희 둘은 우리 조에 배정되었다."

용하진의 표정이 밝아졌다. 적호보다는 방소소와 한 조가 되기를 바랐기 때문이었다. 그에 비해 방소소는 살짝 아쉬운 표정을 지었다.

"날 따라오도록."

"알겠습니다."

두 사람이 방을 나서는 그때였다.

"어?"

용하진이 깜짝 놀라 두 눈을 휘둥그레 떴다.

누군가 안으로 들어오고 있었는데, 그녀를 보고 놀란 것이다. 머리를 질끈 뒤로 묶은 여인이었다.

여인은 정말 아름다웠다. 방소소도 예쁜 편이지만 그녀와는 비교할 수도 없을 정도로 아름다웠다.

상큼한 이목구비의 그녀는 철혈구로와는 전혀 어울리지 않

철혈입로 131

왔다. 이 거친 남자들만의 공간에 이런 청순한 미녀라니. 그 부조화가 만들어내는 매력은 가히 폭발적이었다.

적호와 방소소를 두고 질투한 자신이 부끄러웠다.

"내가 칠조육로다."

뒤에서 들려오는 상큼한 소리에 용하진은 눈을 질끈 감았다. 칠조에 들지 못한 것에 분노가 치솟았다. 아버지에게 당장 조를 바꿔달라고 서찰을 보내고 싶었다.

시시각각 변하는 용하진의 표정에 방소소가 조소를 날렸다. 그 속마음이 뻔히 보였기 때문이다.

"바쁘니까 가면서 얘기하자."

칠조육로와 적호가 조금 거리를 두고 뒤따라왔다. 용하진이 힐끔 뒤를 돌아보았다.

잘못 본 것이 아니었다. 군살 하나 없이 늘씬한 그녀의 몸매는 당장 달려가 끌어안고 싶을 정도로 아름다웠다.

"넌 이제부터 칠조칠로다. 결원이 생겨 새로운 신입이 오면 그를 담당하는 사람은 바로 그 앞사람이다. 만약에 팔로가 결원이 되면 새로 오는 팔로의 선임은 네가 되는 것이다. 무슨 뜻인지 알겠나?"

"알겠습니다."

적호가 정중히 대답했다.

"궁금한 것 없나?"

"차차 물어보겠습니다."

육로가 힐끔 적호를 곁눈질로 쳐다보았다. 적호는 묵묵히 앞만 보고 걸어가고 있었다.

 의외였다. 아무리 수양이 깊은 사람이라도 자신을 대하는 태노는 비슷했다. 굳이 음흉한 생각을 품지 않더라도 한마디라도 더 말을 붙이려 했다. 저 앞에 가는 또 다른 신입이 한 번이라도 더 보려고 자꾸 고개를 돌리는 것처럼. 그런데 이 녀석은 그런 기색이 전혀 없었다.

 용하진 일행이 좌측 방향으로 꺾어졌다.

 적호와 육로는 반대 방향으로 향했다.

 육로가 다시 말했다.

 "시험장 입구에서 재미있는 일이 있었다고 들었다."

 이번 응시자들을 두고 철혈구로에서 몇 가지 화제가 되는 이야기들이 있었다. 음사권의 죽음이라거나, 새로 만들어진 미로 관문이라거나, 입구에서 발휘한 적호의 재치 등이었다.

 "운이 좋았습니다."

 "우린 무공 센 동류보다 똑똑하고 적응력이 빠른 동료를 좋아하지."

 "그건 왜입니까?"

 "무공 센 동료가 생기면 임무만 위험해지거든. 반면에 똑똑한 동료는 위기에서 우릴 구해내지. 잊지 마, 내 등을 지켜주는 사람이 바로 동료들이란 사실을."

 "그러지요."

"철혈구로는 단체 생활을 한다. 훈련도 한 공간에서, 잠도 한곳에서 잔다. 남녀를 따로 구분하지 않는다."

철혈구로의 철칙이었다. 서로 간에 혈육처럼 화합하기를 바라는 의도였다.

"물론 예외는 있지."

"뭡니까?"

"일조가 되면 각자 공간이 따로 주어진다. 연무장도 방도. 물론 돈도 우리와 비교할 수 없을 정도로 많이 받는다."

"어떻게 하면 일조가 될 수 있습니까?"

그러자 육로가 피식 웃었다.

"들어오자마자 일조를 욕심내는군."

"그건 아닙니다만."

철혈대로에게 접근할 방법을 찾아야 한다. 그와 동시에 제거해야 할 진짜 대상도 찾아야 하고. 일조가 되면 아무래도 철혈대로와 가까워질 수 있을 것이다. 하지만 반대로 백소운을 찾기는 더 어려워질 것이다.

"석 달에 한 번씩 기회가 주어진다. 원하는 사람은 일조구로에게 도전할 기회를 주지. 그 비무에서 이기면 그는 일조구로가 된다. 패배한 일조구로는 도전한 사람의 자리로 가지."

그야말로 철혈구로는 철저히 약육강식의 논리로 돌아가고 있었다.

"매달 무시무시한 혈투가 벌어질 것 같지만 실제로는 그렇지 않아. 일 년에 두세 번도 안 되지. 그것도 주로 신입들의 도전이고."

"그건 왜입니까?"

"기존의 대원들은 일조구로의 실력을 알거든. 이길 수 없는 상대에게 도전해 괜히 찍힐 필요는 없으니까."

"일조구로가 되면 계속 도전을 받아야 합니까?"

"그건 아냐. 일조구로는 팔로에게 도전할 자격이 있어. 그 비무에서 이기면 두 사람의 위치가 바뀌게 되지."

적호가 고개를 끄덕였다. 자신이 몇 로인지 중요한 것은 일조였다. 그 외의 조들은 자신이 처음 부여받은 숫자를 끝까지 유지했다. 자신이 칠조칠로지만 칠조팔로의 후배인 것이다. 반대로 일조는 강한 사람 순서대로 배정되는 것이다.

두 사람이 칠조의 숙소로 들어섰다.

칠팔 명의 무인이 여기저기 흩어져 있었다. 일부는 자고 있었고, 일부는 병기를 닦고 있었다.

육로가 모두에게 적호를 소개시켰다.

"새로 온 칠로입니다."

그러자 몇몇이 손을 들어 환영했다.

"개자식아! 반갑다."

"까불면 뒤진다, 그것만 기억하라고!"

"쌍놈, 환영한다!"

그들의 기도는 확실히 거칠었다. 살기가 자연스럽게 몸에 배어 있었다. 하지만 말만 거칠었을 뿐, 혹여 있을 법한 괴롭힘이나 텃세는 전혀 없었다.

적호에게는 익숙한 분위기였다. 예전 십이귀병의 훈련 때도 이와 같았다. 훈련이 워낙 고되니 새로 온 지원자나 다른 사람을 괴롭힐 틈이 없었다. 그럴 시간이 있으면 잠이라도 한숨 더 자려 했다.

원래 임무가 힘들고 고된 조직일수록 그 결속력이 강하듯이 철혈구로도 그러했다.

칠조칠로, 적호의 새 이름이었다.

그날 밤, 적호가 철혈구로의 연무장을 천천히 가로질러 걸었다.

산책을 나온 듯 적호의 발걸음은 가벼웠다.

철혈구로의 입구에는 번을 서는 무인이 없었다. 그것은 올 테면 오라는 철혈구로만의 자존심이었다.

맞은편에서 다른 조 무인이 하나 걸어왔다. 적호가 가볍게 고개를 꾸벅 숙였다. 사내 역시 가볍게 인사를 받아주며 적호를 지나쳤다.

이런 식이었다. 기본적으로 다른 사람에게는 관심이 없었다.

그것은 적호에게 유리하면서도 불리한 일이었다. 주목을 피해 단독 행동을 할 가능성이 커진 대신에, 다른 조의 정보를 자연스럽게 접할 수 있는 기회가 적었다. 함께 들어온 신입들은 믿을 수 없었다.

적호가 철혈구성을 나섰다.

화원 사이로 난 작은 길을 한참 걷자 저 멀리 내당의 건물이 보였다. 예전에 잠입했던 바로 그곳이었다.

둥글게 휘어진 길을 돌아서 걷던 적호의 눈길이 슬쩍 한쪽으로 향했다. 지금은 나무가 심어진 그 자리에 원래는 경비무인들이 지키고 서 있었다.

과연 듣던 대로 내부 경계 체계는 완전히 바뀌어 있었다.

적호가 계속 걸음을 옮겼다.

자신을 향한 숨겨진 시선들이 느껴졌다. 매복한 무인들이었다. 하나, 둘, 셋… 정확히 열 명이었다.

적호가 모른 척 걸음을 옮겼다.

저 앞으로 번을 서는 결사대의 무인들이 보였다. 그들도 숫자가 열 명이었다.

"어디 가십니까?"

무인이 적호에게 예를 갖췄다.

"잠시 산책하는 중이네."

"이쪽으론 못 가십니다."

"아, 그런가?"

무인은 적호에 대해 이상하게 생각하지 않았다. 철혈구로에 새로운 신입이 들어왔다는 정보를 그들은 알고 있었다.

"수고하게."

적호가 돌아섰다. 적호가 첫날부터 산책을 나온 이유기도 했다.

이렇게 상황을 무마할 수 있었으니까. 차라리 첫날에 가장 편하게 여러 곳을 돌아다닐 수 있었다.

적호가 여기저기를 살피며 다녔다.

한밤에 내달리더라도 길을 잃지 않아야 했다. 적호는 꼼꼼히 길을 기억하려고 애썼다.

그날의 산책으로 적호는 몇 가지 중요한 정보를 알아냈다.

내당으로 향하는 첫 번째 관문에 매복한 무인들이 열 명, 매복하지 않은 무인들이 열 명 도합 스무 명이 지키고 있다는 것을 알아냈고, 그곳을 통하지 않고서는 내당으로 절대 들어갈 수 없다는 것을 알아냈다.

관문 하나당 스무 명이라. 예전보다 훨씬 강화된 숫자였다.

그런 관문이 몇 개나 될지 몰랐다. 적어도 세 개에서 네 개는 있을 것이란 생각이 들었다.

돌파는 할 수 있을지 몰라도 은밀히 잠입하는 것은 불가능하게 여겨졌다.

돌아오는 길에 소붕을 만났다.

"아! 자네군. 반갑네, 반가워."

그가 양손으로 자신을 와락 껴안으려 했다.

적호가 뒤로 물러서 피했다. 상대에게 안기는 것은 좋지 않다. 고수는 한 번 상대를 만져 보는 것으로 아주 많은 것을 파악해 낼 수 있기 때문이었다.

소붕이 섭섭하단 표정을 지었다.

"왜 피하나? 반가워서 그러는데."

"미안하오, 익숙하지 않아서."

그러면서 적호가 손으로 가볍게 그의 어깨를 툭툭 쳤다. 단단한 그의 근육에서 저 물러터진 웃음과는 비교할 수 없는 고된 수련이 느껴졌다.

그도 뭔가를 알아내려는 자신의 손길을 느꼈을진대 모른 척 히죽 웃고 있었다. 너무 작정하고 다가서니까 오히려 경계심이 무너진다. 설마 나쁜 의도를 가진 놈이 이렇게 대놓고 접근할까란 생각이 들게 만든다.

다른 사람이라면 넘어갔을 것이다.

하지만 적호는 달랐다. 지금까지 적호를 살려왔던 본능이 살짝 속삭였다.

헷갈려선 안 된다고. 놈은 역시 수상하다고.

철혈입로 139

第十五章
비선개입

절대
강호

오 일 후, 칠조에 첫 번째 임무가 내려졌다.

두두두두두!

앞서 달리던 칠조일로가 멈춰 섰다.

"잠시 휴식한다."

말이 지쳐 더 이상 달릴 수 없었다.

모두들 근처에 말을 풀어 쉬게 한 후 삼삼오오 휴식을 취했다. 일로부터 삼로까지 따로 모여 오늘의 작전에 대해 의논했다.

홀로 떨어져 앉아 있는 피호에게 육로가 다가왔다.

그녀가 나란히 앉았다.

"어때? 할 만해?"

"네."

적호는 너무나 잘 철혈구로에 적응했다. 너무 쉽게 적응하는 바람에 육로가 도울 일이 없었다.

며칠간 적호는 임무를 잊고 지냈다. 아직은 움직일 때가 아니었다. 지금은 적응의 시기다. 제대로 찰싹 붙어야 제대로 떨어져 나갈 수 있다.

"이곳엔 왜 지원했지?"

"그냥 최고가 되고 싶었습니다."

적호의 말에 육로가 피식 웃었다.

"선배는 왜 들어오셨습니까?"

대답 대신 육로의 눈빛이 조금 깊어졌다. 어떤 사연이 느껴졌다.

그녀는 참으로 아름다웠다. 가화와는 다른 아름다움이었다. 가화가 원숙한 아름다움이라면 육로의 아름다움은 청순한 아름다움이었다. 그녀라면 어떤 남자라도 빠져들 것이다.

하지만 적호는 아니다. 그녀에게 신경 쓸 겨를도, 여유도 없었다.

어차피 이번 임무를 마치면 영원히 다시 볼 일이 없는 상대다.

"철혈대로님은 언제 만나볼 수 있습니까?"

"말일 날, 철혈제가 열리면."

"철혈제요?"

"말했잖아. 일조구로에게 도전할 수 있다고. 그걸 철혈제라 부른다."

"아무도 도전하시 않으면요?"

"그 달에는 안 열리는 거지."

"그 외에는 뵐 수 없는 겁니까?"

"당연하지. 대로께서 이제 갓 들어온 너 같은 애송이를 볼 이유가 뭐가 있겠냐?"

"일조구로가 그렇게 강합니까?"

육로가 다시 웃었다.

"역시 넌 일조를 노리는구나."

"어차피 최고가 되려고 들어왔으니까요."

하지만 말과는 달리 적호는 철혈제를 통해 일조로 들어갈 생각이 없었다. 들어가는 것은 어렵지 않겠지만, 일단 너무 눈에 띄는 접근 방식이었다. 철혈대로에게 접근할 다른 방법을 찾기 전에, 우선 백소운이 누군지부터 알아내야 했다.

"충고 하나 할까?"

그녀가 적호를 돌아보았다. 적호가 담담히 그녀의 시선을 마주했다.

"너무 서두르지 마."

"선배는 일조가 되고 싶지 않으십니까?"

"별로."

"왜요?"

"예전에는 정말 명성과 부를 차지하고 싶었던 때도 있었지. 하지만… 지금은 아냐."

그러면서 그녀가 미소를 지었다. 서글픈 미소를 지어도 그녀는 아름다웠다.

다시 출발 신호가 내려졌다.

한 시진 후, 그들은 목적지인 홍가장(紅家莊)에 도착했다.

"홍가장주가 신군맹과 결탁했다는 확실한 정보다. 련에서는 이번 일을 본보기로 삼을 작정이다. 그러니 쥐새끼 한 마리도 남기지 말도록."

"알겠습니다!"

모두들 복면을 착용했다.

적호가 내심 한숨을 쉬었다. 환한 대낮에 내려진 몰살 명령이었다. 무공을 모르는 이들도, 여인들과 아이들까지 다 죽이란 명령인 것이다.

적어도 신군맹은 이렇게 무자비한 몰살 명령을 내리진 않는다. 죽여도 배신자만 제거한다. 이게 바로 신군맹과 사악련의 차이다.

분노가 일었지만 겉으로는 전혀 동요하지 않았다.

육로가 힐끔 돌아보며 속삭였다.

"사람 죽여봤지?"

참으로 가소로운 질문이었지만 적호는 조금 긴장한 척 고개를 끄덕였다.
"네."
"그럼 됐어. 마음 단단히 먹어. 나와 함께 움직이고."
"알겠습니다."
공격 명령이 내려졌다.
둘씩 조를 이뤄 담을 넘었다.
적호는 육로의 뒤만 따랐다. 육로의 무공 실력은 용하진보다는 확실히 한 수 위였다. 전체적인 칠조원들의 실력 역시 그녀와 비슷하거나 한 수 위였다.
그렇게 따졌을 때 일조의 실력을 가늠해 볼 수 있었다. 다시 이들보다 두세 수 위일 것이다.
어디선가 들려온 첫 비명 소리를 시작으로 사방에서 비명 소리가 들려왔다.
두 사람이 맡은 곳은 건물의 뒤채였다.
건물 모퉁이를 도는 순간 무인 둘과 마주쳤다.
그녀가 검을 휘둘렀다.
쉭! 쉭!
그녀의 검에 무인 둘이 몸을 뒤집으며 쓰러졌다.
다음 순간, 적호와 육로는 깜짝 놀랐다.
그들 앞에 두 아이가 서 있었다.
이제 열 살 남짓 된 사내아이가 동생으로 보이는 여자아이

비선개입 147

의 손을 잡고 있었다.

옷차림새로 볼 때 아이들은 바로 홍가장의 후예였다.

금방이라도 울 것 같은 얼굴로 아이들이 뒷걸음질을 쳤다.

적호가 먼저 나섰다.

죽이지 않고 가볍게 상처만 내고 수혈을 점할 생각이었다.

육로가 알아차리지 못할 정도로 빠르게 손을 쓸 작정이었다. 몇 시간 자고 일어났을 때, 운이 좋으면 살아남을 수 있을 것이다. 그것이 지금 상황에서 자신이 해줄 수 있는 최선이었다.

적호의 앞을 육로가 막아섰다.

"내가 책임지겠다. 애들은 그냥 보내줘."

적호는 깜짝 놀랐다. 천성이 그리 나쁘지 않을 것이라 예상은 했지만, 설마 명령까지 어길 줄은 몰랐다.

"어떻게 하려고요?"

적호가 담담히 물었다.

"알아, 걸리면 어떻게 되는지. 하지만 아무리 그래도 애들을 죽일 순 없잖아?"

철혈구로에서 명령 불복은 죽음이었다. 지금 그녀는 자신의 목숨을 내걸고 있는 것이다. 처음 보는 아이들에게.

적호가 잠시 그녀를 응시했다. 그녀의 맑은 두 눈빛은 단호했다.

그녀는 이곳에 어울리지 않는 사람이었다. 왜 그녀가 이곳까지 흘러들어 오게 되었는지 궁금했다. 하지만 지금은 그런 것을 물을 때가 아니었다.

"알겠습니다. 제게 맡기시죠."

적호기 몸을 낮춰 아이와 시선을 맞췄다.

"동생을 살리고 싶니?"

사내아이가 그렁그렁한 눈으로 고개를 끄덕였다. 총명해 보이는 아이였다. 비록 겁먹고 있었지만 동생을 살리겠다는 의지가 엿보였다.

아이를 향한 적호의 눈빛이 다정해졌다. 오직 아이만이 볼 수 있는 눈빛이었다.

아이의 긴장이 조금 풀렸다.

적호가 나직이 말했다.

"저 문으로 나간 후 무조건 오른쪽으로 달려서 달아나라. 어서 가!"

아이가 고개를 끄덕였다. 하지만 적호는 안다. 이대로 보내 봤자 결국 아이는 죽고 말 것이란 것을. 철혈구로가 그렇게 호락호락한 집단이 아닐 테니까.

적호가 달려가던 아이에게 전음을 보냈다.

[마을의 가장 큰 객잔으로 가서 벽에다 삼오일(三五一)이라고 써라. 그리고 근처에 숨어서 기다려라!]

연에게 보내는 신호였다. 삼은 십이지지의 세 번째인 호, 자신의 고유 숫자였고 오와 일은 글을 남긴 이를 즉시 구해주라는 정해진 암호였다. 그 외에도 숫자마다 각자 다른 뜻이 담겨 있었다. 아이를 살릴 수 있는 유일한 방법이었다.

문 앞에서 아이가 돌아섰다.

무가의 아이였기에 자신이 들은 말이 전음이란 것을 알았다.

아이가 힐끔 적호를 쳐다보았다. 적호는 말없이 아이를 응시할 뿐이었다. 똑똑한 아이였다. 아이는 놀라거나 그게 무슨 말이냐고 묻지 않았다. 그대로 동생의 손을 끌고 문밖으로 뛰어나갔다.

육로가 적호 옆으로 다가왔다.

"혹시 일이 잘못되면 내가 다 책임지지."

"당연히 그래야지요."

적호가 냉담하게 돌아섰다.

그 모습에 육로가 조금 씁쓸한 미소를 지었다.

두 사람이 다시 달리기 시작했다. 아이는 보내줬지만 육로는 일반 무인들에게는 인정사정없었다. 적호는 그녀의 뒤를 따르기만 했다.

반 각 후, 칠조가 한곳에 모였다. 사방은 무섭도록 조용했다. 풍겨 나오는 피 냄새만이 이 적막의 이유를 설명해 주고 있었다.

이로가 일로에게 달려와 보고했다.

"역시 아이 둘이 없습니다."

일로가 인상을 찡그렸다.

"확실히 다 살폈나?"

"네. 놈들의 비고(秘庫)까지 다 뒤졌습니다."

두 군데 비밀 공간에 숨어 있던 아녀자들까지 모두 죽였다. 하지만 어디에서도 아이들은 찾을 수 없었다.

"원래 없었던 것은 아닌가?"

"흔적으로 봐선 분명 이곳에 있었습니다."

조원들을 향한 일로의 눈빛에 질책이 실렸다. 모두들 면목 없다는 얼굴로 고개를 푹 숙였다.

"빠져나갔다면 마을로 갔을 거다. 아이들이 겁을 먹으면 어른들을 찾게 마련이지."

"곧바로 추격하겠습니다."

"반드시 잡아야 한다."

"알겠습니다."

이로가 명령을 내렸고, 다시 추격이 시작되었다.

*　　　*　　　*

같은 시각, 사악련 본단 근처의 한 자운 고서점에 중년의 문사가 들어섰다.

서점 안을 천천히 둘러보던 중년 문사가 서점의 가장 구석으로 걸어갔다.

그가 몇 권의 책을 뽑았다.

정해진 순서의 책을 순서대로 뽑자 책장이 회전했다. 소리 없이 돌아가는 책장을 따라 사내가 안으로 들어섰다. 책장은 다시 원래대로 돌아왔다.

사내가 책장 뒤에 나 있는 좁은 통로를 걸었다.

촘촘하게 기관장치가 설치된 통로 끝에 하나의 문이 있었다.

그곳에 연이 있었다. 이곳은 바로 본단 근처에 마련된 십이 귀병의 비밀 작전실이었다.

중년 문사는 바로 연의 수하였다.

한 명의 비선이 적게는 열 명에서 많게는 수십 명의 수하를 이끌었는데, 그들을 소선(小線)이라 불렀다. 그들은 철저히 점 조직으로 움직였다.

소선들은 서로의 존재에 대해 알지 못했다. 그들 모두를 아는 사람은 오직 비선뿐이었다.

소선들은 각자 주어진 임무만 수행했다. 소선을 지켜주려는 의도도 있었지만, 동시에 소선들로부터 작전의 기밀을 유지하기 위함이기도 했다.

하지만 그건 어디까지나 원칙이었다.

현실적으로는 그래 가지고는 비선들이 아무 일도 하지 못했다. 맹으로부터 수많은 임무가 내려오고, 귀병들을 챙겨야 하고, 다시 맹으로 작전에 대한 보고를 해야 하고, 지원을 받아야 하고… 비선들의 일은 가혹하리만치 많았다.

믿을 만한 수하들이 앞장서서 일을 해줘야 했다. 그런 수하들이 많을수록 능력있는 비선이 되었다.

연에게는 바로 이 중년 사내가 가장 믿을 만한 소선이었다.

"무슨 일이지?"

적호를 대하는 것과 달리 수하를 대하는 연은 위엄이 있었다.

사내가 침울하게 대답했다.

"인이… 끊어졌답니다."

"뭐?"

연이 깜짝 놀랐다.

비선들 사이에서 끊어졌다는 은어(隱語)는 죽음을 의미했다. 인이라면 흑양의 비선이었다.

"그럼 흑양은?"

사내가 고개를 내저었다. 비선이 죽었는데 귀병이 살아 있을 확률은 없었다.

"이미 새로운 흑양이 배치되었답니다."

"빠르기도 하군."

연이 이를 바득 갈았다. 정말 이럴 때 보면 정이 뚝뚝 떨어지는 조직의 일 처리였다. 하긴 이렇게 기계적으로 움직였으니 십이귀병이 지금껏 존재해 온 것이겠지만.

비선개입

어쨌든 비선과 귀병이 함께 죽는 경우는 매우 드문 경우였다.

"저희가 제일 늦게 알았습니다. 이미 모든 비선들에게 소식이 전해졌습니다."

이번 작전으로 멀리 와 있던 탓이었다. 물론 아무리 거리가 멀어도 중요한 정보는 결국 들어왔다. 이런 정보 공유가 그들만의 생존 방식이기도 했다.

"흑양이 맡았던 임무가 뭐지?"

"세작 임무였습니다."

연의 표정이 굳어졌다.

"…왜 하필 이럴 때."

"저희 임무와 관계가 있을까요?"

알 수 없는 일이었다. 그래서 연의 마음은 더 불안했다.

그때 그곳으로 또 다른 수하가 뛰어들어 왔다.

"비선망으로 긴급 구조 요청이 들어왔습니다."

*　　　*　　　*

벌써 끝났어야 할 작전은 한 시진 후까지 계속되고 있었다.

칠조원들이 하나둘씩 홍가장에 모여들고 있었다.

적호와 육로도 그곳에 도착했다. 두 사람은 마을 외곽 쪽을 수색했다. 마음 같아선 마을 쪽을 맡고 싶었지만, 내려진 명령대로 따라야 했다.

그때 이로가 환한 표정으로 말했다.

"저길 보십시오!"

칠조사로에게 두 아이가 끌려오고 있었다.

육로의 안색이 창백해졌고 적호의 눈빛이 차악 가라앉았다.

굳어 있던 일로가 그제야 미소를 지었다.

이로가 물었다.

"어디서 찾았나?"

"객잔 주위에 숨어 있는 것을 찾아냈습니다."

일로가 망설임없이 명령했다.

"베어버려!"

사로가 검을 뽑아 들었다.

"그전에 잠깐."

일로가 아이들에게 다가갔다.

"그런데 여기서 어떻게 빠져나갔지?"

아이는 두려움에 떨고 있었다. 아이의 눈빛이 일로의 어깨 너머를 향했다.

아주 잠깐 적호와 눈이 마주쳤다. 아이는 칠조원들 중에서 적호를 알아보았다.

일로의 고개가 뒤로 향했다.

그때 아이가 손을 뻗었다.

"저 사람이 보내줬어요."

아이가 지목한 사람은 삼로였다. 적호를 위해서 거짓말을 해준 것이다.

삼로가 어이없다는 표정을 지었다.

일로가 피식 웃었다.

"맹랑한 놈이군. 베어버려라!"

일로가 미련없이 돌아섰다. 어차피 모든 작전은 결과만이 중요한 법. 아이 둘을 죽이는 것을 끝으로 임무도 완수되는 것이다.

육로가 입술을 깨물었다. 지금 나서는 것은 아무 의미가 없었다. 어차피 잡혀온 이상 아이는 죽는다. 공연히 자신이 풀어줬다는 말을 할 필요가 없었다.

그녀에 비해 적호의 마음은 다급했다.

구하려면 지금 움직여야 한다. 아이는 정말 총명했다. 저 어린 나이에도 자신을 풀어준 사람을 보호하려는 아이였다. 죽음을 앞두고서 말이다.

적호의 마음속에 하나의 그림이 그려졌다.

벼락처럼 쇄도해 단칼에 일로를 베고, 그 기세로 몸을 굴리며 사로를 베고, 돌아서며 이로에게 검기를 날리는 장면이었다. 이변이 없는 한 셋은 없애고 시작할 수 있다.

하지만 그렇게 된다면… 이번 작전은 실패다.

이들 중에 죽여야 할 사람이 있을 확률이 있을까?

일조를 제외하고 조가 열 개가 있으니 단 일 할의 확률이었다.

…육로까지 죽인다 해도.

사로의 검이 천천히 들렸다.

일촉즉발의 순간이었다. 석호의 손이 꿈틀했다.

바로 그때였다.

푸우우욱!

"큭!"

비명 소리의 주인공은 사로였다.

바닥에서 튀어 오른 복면인이 뒤에서 그의 목을 찌른 것이다.

"뭐야!"

일로가 돌아섰을 때, 복면인이 아이들을 양 옆구리에 끼고 달려가고 있었다.

쉬이익!

퍽!

일로가 벼락처럼 날린 암기가 복면인의 등에 적중했다.

잠시 멈칫한 복면인이 다시 달렸다.

일로가 다시 검기를 뿌리려던 그 순간!

"잡아!"

적호가 그 앞을 막아서며 달려갔다. 검기를 날리려던 일로가 내력을 회수했다.

"멍청한!"

그 뒤로 육로를 비롯한 다른 이들이 뒤쫓았다.

이미 복면인은 담을 넘은 후였다.

일로가 소리쳤다.

"부상당했으니 멀리 가지 못할 것이다! 반드시 잡아!"

복면인은 연이었다.

비선망으로 날아든 보고에 객잔에 도착했을 때는 이미 한발 늦은 상황이었다. 신군맹의 영역이라면 훨씬 더 빨리 연락이 왔겠지만, 이곳은 사악련의 영역이었다. 평소보다 늦을 수밖에 없었다.

연이 그곳에 도착했을 때, 아이들은 눈앞에서 놈들에게 붙잡혔다. 정말 간발의 차이였다.

연이 놈을 미행해 이곳까지 왔다.

적호의 작전에 개입해선 안 되지만 아이들을 그냥 죽일 수는 없었다.

그녀는 자신이 나서지 않았다면 적호가 나섰을 것이라 생각했다. 그렇게 된다면 이번 작전은 실패로 돌아간다. 차라리 자신이 나서는 것이 낫다는 판단이 들었다.

무서운 속도로 달아나고 있었지만, 아이들 때문에 놈들을 완전히 떨쳐 내지 못했다.

문제는 등의 부상이었다. 응급처치는 했지만 상처 부위가 등이라서 정확히 혈도를 누를 수 없었다. 조금씩 피가 흐르고 있었다.

연의 달리는 속도가 점점 느려지고 있었다. 하지만 속도를 늦출 수는 없었다.

연은 산속으로 내달렸다.

아이들은 수혈을 짚어 재워두었다. 공포에 질려 매달려 있느니 차라리 자는 게 나았다.

달리던 연이 미끄러지면서 자빠졌다. 아이들을 다치지 않게 하려다 땅바닥에 어깨를 부딪쳤다.

"윽!"

절로 비명이 터져 나왔다. 벌떡 일어나려는데 현기증이 일었다. 더 이상 달리는 것은 무리였다.

연이 주위를 살펴 근처에서 작은 동굴을 발견했다.

안에다 아이들을 눕혀놓고 나뭇가지를 가져와 입구를 막았다. 그렇게 입구를 가린 후에야 연은 동굴 가장자리에 기대앉았다. 위험한 선택이었지만 어쩔 수 없었다.

"끙!"

등이 화상을 입은 것처럼 화끈거리면서 너무나 아팠다.

박힌 암기를 억지로 뽑으려면 뽑을 수도 있었지만, 뽑지 않았다. 제대로 처치를 할 수 없는 상황에서 암기를 뽑으면 상태가 더 나빠질 것이기 때문이다.

아이를 구해 달아날 자신이 있었다. 암기에 맞은 것은 정말 운이 나빴다.

비선개입 159

연은 품에서 약병을 꺼냈다. 비상시에 마시는 해약이었다. 십여 가지의 독을 해독할 수 있는 약이었다. 지금껏 독 묻은 암기에 맞아본 적이 없었기에, 등의 화끈거림이 단지 암기 때문인지 아니면 독 때문인지 알 수 없었다.

머리가 어지러웠고 일어날 힘도 없었다. 피를 너무 많이 흘린 탓이었다.

아이들은 그 난리를 치며 달려왔음에도 새근새근 잠들어 있었다.

연이 미소를 지었다. 달리면서는 조금 후회도 했다. 하지만 아이들이 무사한 것을 보니 잘했다는 생각이 들었다.

연의 눈이 스르륵 감겼다. 피곤이 몰려왔다.

'자면 안 되는데.'

깜박 잠이 들었다.

그리고 얼마나 시간이 흘렀을까?

연이 흠칫 놀라며 눈을 번쩍 떴다.

여전히 아이들은 자고 있었다.

연의 눈동자가 천천히 입구 쪽으로 향했다. 누군가 입구를 막아둔 나무를 조심스럽게 치우고 있었다.

연이 천천히 자리에서 일어나며 품에서 비수를 꺼냈다. 지금 있는 자리는 누군가 들어오면 모습이 바로 보이는 위치였다. 연이 소리없이 옆으로 이동했다. 지쳐 있었지만 은신술에 있어서는 절정의 실력을 지닌 그녀였다.

안으로 들어선 복면인은 삼로였다.

검을 뽑아 든 그가 천천히 안으로 들어왔다. 피 냄새를 맡은 그의 눈빛이 매서웠다. 동료들에게 신호를 보내지 않은 것은 동물의 피 냄새일지도 모른다는 생각 때문이었다.

삼로가 조심스럽게 다가왔다. 그가 동굴 구석에서 잠든 아이들을 발견했다.

삼로의 눈이 번쩍 뜨이는 순간.

섯!

옆쪽에 숨어 있던 연이 튀어나오며 비수를 질렀다.

파악!

비수가 삼로의 옆구리를 스쳤다. 피가 튀었지만 상처는 깊지 않았다.

삼로가 연을 향해 검을 휘둘렀다.

쉬이익!

연이 뒤로 쓰러지며 검을 피했다.

삼로가 몸을 날리며 연이어 검을 내질렀다. 지칠 대로 지쳐버린 연이 피할 수 있는 공격이 아니었다.

연은 눈을 질끈 감았다.

푸아악!

살이 찢기는 소리와 함께 연의 얼굴로 피가 튀었다.

연이 눈을 뜨자 삼로의 가슴으로 검이 튀어나와 있었다.

스르륵 그가 쓰러지자 뒤에 적호가 서 있었다.

"아! 적호님!"

연이 감격으로 벅차올랐다.

적호가 안도의 한숨을 내쉬었다. 조금만 늦었어도 연은 죽었을 것이다. 칠조원들과 어느 정도 보조를 맞춰 추격하느라 곧장 따라붙질 못했다. 남다른 후각을 발휘해 연의 피 냄새를 맡았기에 망정이지, 까딱했으면 큰 한을 남길 뻔했다.

"어서 옷 벗어."

"네?"

"시간없어, 어서."

연이 망설였다. 하지만 부끄러워할 때가 아니었다.

연이 몸을 돌려서 웃옷을 벗었다. 두 손으로 가슴을 가렸다.

적호의 손길이 닿자 그녀가 움찔했다. 상처가 많이 흉측할 텐데. 그녀의 얼굴이 붉어졌다. 다른 사람이라면 모르겠지만, 적호에게는 보이고 싶지 않은 상처였다.

푸욱.

적호가 그녀의 등에서 암기를 뽑아냈다.

적호가 암기 끝을 살폈다.

"다행히 독은 발라져 있지 않았어."

"휴."

연이 안도의 한숨을 쉬었다.

탁탁탁!

적호가 등의 혈도를 짚어 출혈을 막았다.

이번에는 적호가 삼로의 품을 뒤졌다. 그곳에서 응급약을 찾아냈다. 자신도 소지하고 다니는 바로 그 약들이었다. 금창약을 연의 등에 발랐다.

"흉터 남겠는걸."

그 말에 연이 피식 웃었다.

적호의 농담이란 걸 안다. 어색하고 부끄럽던 마음이 조금 가라앉았다. 적호가 연의 속옷을 찢어 길게 만든 다음 그녀의 상처에 감았다.

연이 웃옷을 입었다.

그녀가 일어서려 하자 적호가 그녀를 다시 앉혔다.

"가만히 있어봐."

"왜요?"

"왜긴."

적호의 손이 그녀의 등에 닿았다.

우우웅!

적호의 정순한 내력이 그녀의 몸으로 흘러들어 갔다.

"이러시지 않아도 됩니다. 전 이제 괜찮습니다."

"가만히 받아들여."

"네."

적호의 내력이 그녀의 몸을 일주천하자 창백했던 연의 얼굴이 한결 나아졌다.

적호가 손을 뗐을 때 연은 아까와는 비교할 수 없을 정도로

비선개입 163

기운을 차렸다. 적호를 향한 연의 눈길이 부드러웠다. 적호의 내력이 몸 안에서 느껴졌다. 유장하면서도 따뜻한, 그래서 아주 오랫동안 이 느낌을 그리워할 것 같았다.

"왜 그랬어?"

"그냥요."

"어리석은 짓이었어. 다신 그러지 마."

그녀의 마음을 알았지만 적호는 냉정하게 말했다. 연은 아무 대답도 하지 않았다.

"검 이리 내놔."

적호가 연과 검을 바꾸었다. 일부러 삼로의 시체를 남겼다.

시체를 녹여 버리면 오히려 의심을 살 것이다. 차라리 그를 죽인 검을 연과 바꾸는 것이 의심을 피하는 확실한 방법이었다.

"일단 빠져나가. 이곳에서 남쪽 방향 쪽이 비었다."

"알겠습니다."

"나중에 보자. 어서 가!"

"감사해요."

연이 아이들을 양 옆구리에 끼고 입구 쪽으로 달려나갔다. 기력을 회복한 그녀는 이제 충분히 이곳을 빠져나갈 수 있을 것이다. 입구에서 연이 잠시 멈춰 섰다.

"정말 그대로 두고 볼 작정이셨어요?"

적호는 망설이지 않고 대답했다.

"당연하지."

연이 희미한 미소를 지으며 돌아섰다.

그녀가 혼잣말로 속삭였다.

"…거짓말."

연이 사라지고 나서 잠시 후, 적호가 호각을 꺼내 불었다.

삐익―

*　　　*　　　*

"홍가장 일에 문제가 생겼다고?"

철혈대로 철무강(鐵武强)의 물음에 칠조일로가 면목없다는 듯 고개를 푹 숙였다.

"삼로와 사로가 죽고, 홍가의 핏줄 둘을 놓쳤습니다."

철무강은 담담히 보고를 듣고 있었다. 그는 사십대 중반이었는데, 차갑고 무서운 인상이었다. 쭉 찢어진 두 눈은 눈빛만으로 상대를 벨 것 같은 날카로운 예기를 담고 있었다.

"애들을 놓치고 둘이나 죽었다?"

철무강의 어조는 변함이 없었다. 하지만 칠조일로는 철무강이 화가 단단히 났다는 것을 느꼈다. 방 안의 공기가 달라진 것이다. 솜털이 곤두설 정도로 공기가 차가워졌다.

"죄송합니다."

칠조일로가 고개를 푹 숙였다. 사실 정작 화가 난 사람은 본인이었다. 홍가장 따위를 상대하는 일에 조원을 둘이나 잃고 결국 아이들까지 놓쳤다. 절대 있을 수 없는 일이었다.

"어떻게 된 일인가?"

"방수(幇手)가 있었습니다. 그자가 아이들을 구해 달아났습니다."

"홍가장과 관련된 자인가?"

"아직 확인하지 못했습니다."

"그자에게 삼로와 사로가 죽었단 말이지?"

"네. 지금 칠귀단이 그를 찾고 있습니다."

"칠귀단이 잡을 수 있는 놈이라면 애초에 이런 일도 벌어지지 않았겠지."

철무강이 손바닥으로 얼굴을 감싸며 비볐다. 피곤한 기색이 역력했다. 요 근래 꿈자리가 뒤숭숭한 것이 마음이 안정되지 않았다. 이 일이 터지려고 그런 것이었을까? 아니면 이 일도, 꿈도 앞으로 닥쳐올 대사건의 전조에 불과한 것일까?

칠조일로는 망설였던 말을 꺼냈다.

"사실 처음에 아이들을 보내준 것이… 육로라 생각했습니다. 그 상황에서 아이들끼리 빠져나가는 것은 불가능했기 때문입니다."

육로란 말에 철무강의 표정이 살짝 굳었다.

"그렇게 생각한 이유는?"

"육로는 아직 아이를 죽일 만큼 모질지 못합니다."

칠조일로는 매우 조심스러웠다.

이유는 바로 철무강이 육로를 좋아한다는 것을 알았기 때문이다.

그것은 철혈구로의 모두에게 공공연한 비밀이었다. 정작 모두가 눈치챘다는 것을 모르는 사람은 당사자들인 철무강과 육로뿐이었다. 지금까지 그 아름다운 육로에게 아무도 추파를 던지지 않은 것도 그 이유 때문이었다.

원래라면 불호령이 떨어졌을 말이었다. 철혈구로의 무인이 상대가 아이라서 죽이지 못한다면 철혈대로의 손에 당장 목이 떨어질 일이었다. 하지만 소문이 사실임을 증명하듯, 철혈대로는 그에 대해 더 이상 언급하지 않았다.

칠조일로가 빠르게 덧붙였다.

"하지만 육로는 아니었습니다. 그 방수가 애초에 홍가장에 머물렀던 것으로 보입니다."

철무강이 천천히 고개를 끄덕였다.

"삼로의 검시(檢屍)는?"

"진행 중입니다. 제가 살펴본 바로는 특정한 무공에 의한 상처가 아니었습니다."

"시체를 발견한 사람이 누구지?"

"이번에 새로 들어온 칠로입니다."

"흐음."

철무강의 눈이 가늘어졌다.

"혹시 그를 의심하시는 겁니까?"

그러자 철무강이 고개를 내저었다.

"자네가 흉수라면 시체를 발견하는 입장이 되겠는가?"

"아닙니다."

물론 이런 생각을 노렸을 수도 있었다. 하지만 생각하기는 쉬워도 실제 이러한 노림수를 쓰기는 쉽지 않다. 굳이 이런 방법을 사용하지 않아도 되기 때문이었다. 설령 신입이 저지른 짓이라 해도, 새파란 젊은 놈이 이런 공격적인 속임수를 쓰진 못할 것이다.

"놈은 아니야."

일로가 동감한다는 듯 고개를 끄덕였다.

"그만 나가보도록."

칠조일로가 정중히 인사를 한 후 물러났다. 차마 방수가 여인처럼 보였다는 말은 하지 못했다. 그 말을 했으면 정말 철무강이 폭발했을지 모른다는 생각이 들었기 때문이다.

칠조일로가 한숨을 내쉬었다. 앞날이 걱정되었다. 외부에 알려진 철혈대로의 명성에 비해 실제 철무강은 조금 달랐다. 사내답다는 소문보다는 좀 더 포악했고, 냉철하다는 소문보다는 좀 더 비정했다.

혼자 남은 철무강은 인상을 찡그렸다.

철무강은 육로를 떠올렸다. 그녀에 대해 듣는 순간, 자신도 모르게 움찔했다.

소문은 사실이었다. 그는 육로를 좋아하고 있었다.

그녀를 처음 본 순간 철무강은 마음을 빼앗겼다. 그녀를 차지하고 싶었다.

실력 하나 믿고 마음껏 살던 시절이 있었다. 마음에 들지 않는 상대는 단칼에 죽였고, 아름다운 여인을 보면 망설이지 않고 겁탈했다. 소문을 막기 위해 가족을 몰살시킨 적도 있었다. 자신만이 아는 과거였다.

이후에 사악련에 들어왔고, 운이 좋게 풀려 철혈대로가 되었다.

철혈대로가 된 후 정말이지 꾹 참고 살았다. 철혈대로는 멋있어야 했으니까. 참을 만한 가치가 있었으니까.

그렇게 잘 참아왔는데, 그녀를 본 이후 점차 그 절제력이 무너졌다.

그녀를 차지하고 싶었다. 그녀를 자신의 것으로 만들고 싶었다.

하지만 수하를 건드렸다는 오명만큼은 피하고 싶었다.

이러지도 저러지도 못하는 갈등이 그의 내부에서 팽팽히 맞서고 있었다.

철무강은 느꼈다.

결국 조만간에 어떤 식으로든 결정을 내릴 것이라고.

그리고 그 결정이 행복한 결말이 될지, 파국이 될지는 결국 그녀의 반응에 달려 있을 것이다.

* * *

좌아아악!

적호가 물을 뒤집어썼다.

연무장 뒤편에는 몸을 씻을 수 있는 시설이 잘 갖춰져 있었다. 물론 공동으로 사용하는 곳이었다. 서너 명의 사내가 몸을 씻고 있었다. 그들 사이에서 적호도 땀에 젖은 몸을 씻고 있었다.

늘어뜨린 머리카락 사이로 적호의 눈빛이 침울했다. 다시 생각해도 아찔한 순간이었다.

연이 나서지 않았다면… 정말 자신이 나섰을까?

이번 임무는 조직에서 직접 찾아와서 명령을 내릴 만큼 중요했다. 생면부지의 두 아이들 때문에 과연 이번 임무를 포기할 수 있었을까? 스스로 어떻게 했을지 확신이 서지 않았다.

연에게는 어리석은 짓이라고 했지만, 그녀가 나서준 것이 너무 고마웠다. 또한 그녀가 무사한 것도 너무나 고마웠다.

또다시 비선을 잃고 싶지 않았다.

첫 번째 비선은 이 년 전 이곳 천라지망을 빠져나가는 와중에 죽었다. 자신을 구하려다 죽은 것은 아니었다. 독자적으로 탈출하다가 사악련 고수에게 당했다. 정말 운이 나빴다.

하지만 그 임무를 수행한 것이 자신이었으니, 결국 자신 때문에 죽은 것이나 마찬가지였다.

다 씻고 나오는데 연무장에서 육로가 기다리고 있었다.
"할 말이 있어서."
"뭡니까?"
"잠깐 걸을까?"
"그러지요."
두 사람이 나란히 연무장을 가로질러 걸었다.
"고마웠어."
"뭐가 말입니까?"
"그 아이들 말이야. 내 뜻을 따라줘서. 그땐 경황이 없어서 고맙단 말을 못했지."

그녀에게 충고를 해주고 싶었다. 이곳은 그녀와 어울리는 곳이 아니라고. 나가서 다른 삶을 찾으라고. 그녀에게 어울리는 인생을 찾으라고.

하지만 적호는 아무 말도 해주지 않았다.

지난 칠 년간 적호가 가장 크게 배운 것은 사람을 효과적으로 죽이는 방법도, 자취를 감추는 방법도, 상대의 기도를 알아내는 것도 아니었다. …바로 사람에게 정을 주지 않는 방법이었다.

"이번 작전 실패로 조사를 받을 수도 있어. 만약에 조사를 받다가……."
"그 일은 이미 잊었습니다."
적호가 그녀의 말을 잘랐다. 육로는 느꼈다. 아무리 궁지에

비선개입

몰려도 칠로는 자신의 이름을 대지 않을 것 같았다. 들어온 지 며칠 되지 않은 후배 녀석임에도, 칠로는 왠지 선배 같은 든든함을 준다.

"왜 철혈구로에 들어왔느냐고 물었지?"

"네."

"난 홀어머니 밑에서 자랐어. 아버지 얼굴은 한 번도 보지 못했지. 자라면서 가장 많이 다짐한 것이 무엇인지 알아? 강해지고 싶다였어. 그래서 나 하나를 잘 키우려고 온갖 고생을 다 하신 어머니를 지켜주고 싶었지."

"어머니가 좋아하시겠군요."

"얼마 전에 돌아가셨어."

"죄송합니다."

"아냐, 괜찮아. 정말 괜찮아. 처음에는 정말이지 숨도 못 쉴 정도로 괴로웠는데, 이젠 괜찮아."

감출 수 없는 서글픔을 애써 떨치며 그녀가 씩 웃었다. 그녀의 머리 위로 햇살이 부서졌다.

"솔직히 그땐 죽고 싶었어. 하지만 자결 따윈 하고 싶지 않았고, 그래서 이곳에 지원했지."

그녀가 왜 이 어울리지 않는 곳에 지원했는지 확실히 이해가 되었다. 그녀는 위험을 찾아 자포자기한 심정으로 이곳에 들어온 것이다.

"죽자고 왔지만, 결국 이곳에 적응하게 되더군."

그녀가 가볍게 한숨을 내쉬었다.

적호는 아무 말도 하지 않았다. 운명이 사람을 뒤흔들 때는 얼마나 정신없이 흔드는지 누구보다 잘 안다.

"넌 확실히 특이해."

"뭐가 말입니까?"

대답 대신 육로가 살짝 미소를 지었다. 아무리 궁금해도 자신에게 왜 이리 무뚝뚝할 수 있냐는 말을 차마 물을 수는 없었다.

"나중에 봐."

그녀가 걸어왔던 연무장으로 되돌아갔다.

적호가 그녀의 뒷모습을 잠시 쳐다보았다. 그녀가 저렇게 되돌아갔으면 좋겠다. 자신의 삶을, 자신의 결정을.

그녀는 결국 이곳을 견뎌내지 못할 것이다. 그 아이들을 죽이지 못한 것처럼. 언젠가 비슷한 결정을 내릴 것이고, 그것은 그녀를 죽음으로 내몰 것이다.

그녀가 저 멀리서 힐끔 뒤를 돌아봤다.

하지만 이미 적호는 반대쪽으로 걸어나가고 있었다.

그녀의 눈빛에 살짝 아쉬움이 스쳤다.

第十六章
삼공녀

절대
강호

딱—!

바둑돌을 내려놓는 신패극의 손놀림이 경쾌했다.

검천주 신패극.

무신이 태어나지 않았다면 강호의 주인은 그가 되었을 것이란 말을 종종 듣는 인물이었다.

육십의 나이가 무색한 다부진 육체와 형형한 눈빛은 젊은 사람의 그것보다 훨씬 생기 넘치고 강렬했다. 검술에 있어선 천아성을 제외하고 최고의 실력을 지녔다고 알려진 그였다. 일인지하만인지상의 위치에 있는 그는 강한 힘을 지녔고, 그만큼 자존심도 강했다.

스윽, 그에 비해 마주 앉아 있는 대공자 백무성의 손놀림은 차분하고 조용했다.

바둑의 형세는 팽팽했다.

"하수는 돌을 아끼고 상수는 돌을 버린다는 말이 있지."

신패극의 말을 백무성이 담담히 받았다.

"기자쟁선(棄子爭先)을 말씀하시는 겁니까?"

"그렇지. 요석과 폐석을 잘 구분해야 한다는 말이네."

백무성은 신영영과의 혼인을 얼마 남겨두지 않았다.

신패극은 이번 혼례에 공을 많이 들였다. 신패극은 후계 다툼이 있기 전부터 백무성의 자질을 알아보았다. 마지막까지 그가 살아남을 것이라 예견했다.

백무성의 평범이 다른 제자들의 비범을 뛰어넘는다는 것을 일찍부터 알아차린 것이다. 과연 그는 마지막까지 살아남았고, 사람을 보는 자신의 눈이 헛되지 않다는 것을 증명했다.

그에게 기꺼이 자신의 딸을 내줄 만한 가치가 있었다.

"버려야 할 돌은 과감하게 버리고, 살려야 할 돌은 어떻게 해서든 살려야 하네."

백무성이 나직이 물었다.

"그 둘을 어떻게 구별할 수 있습니까?"

"아주 간단하네."

신패극의 눈빛이 빛났다.

"소용이 다한 돌이 바로 폐석이네. 그것이 아무리 여러 점이라도 말이지. 반면 단 한 점이라도 상대의 수를 끊을 수 있는 돌이라면 그 돌은 요석이지. 반드시 살려야 하네."

잠시 말없이 바둑판을 내려다보던 백무성이 공손히 대답했다.

"명심하겠습니다."

신패극이 흡족한 미소를 지었다. 이번 혼인은 검천의 위세를 더욱 높여줄 것이 확실했다.

검천과 더불어 도천(刀天), 권천(拳天)은 신군맹을 지탱하는 가장 큰 힘이었다.

그중 검천의 세력이 가장 강대했다. 신군맹주의 날개 역할만 해주기에는 너무 과분하고 거대한 날개였다. 한때 천아성의 자리를 넘본 적도 있었다. 하지만 언젠가 천아성이 재미삼아 펼친 한 수를 본 후, 그 생각을 완전히 버렸다. 자신은 절대 넘어설 수 없는 경지였다. 천아성, 그의 아래라면 이인자로 만족했다.

그때 신영영이 후원으로 들어섰다.

"부르셨습니까, 아버님."

"오냐, 이리로 오너라."

이제 막 피기 시작한 봄꽃들 사이로 사뿐사뿐 걸어와 그녀가 두 사람이 바둑을 두고 있는 정자에 올랐다.

신영영이 두 사람 사이에 얌전히 앉았다.

혼인을 얼마 남기지 않았음에도 두 사람은 서로의 얼굴조차 마주 보지 못했다.

"이렇게 숙맥들이 되어서야. 허허허."

신영영은 얼굴까지 붉어졌다.

신패극이 두 사람을 보며 장난스런 웃음을 지었다.

"그래서 일부러 불렀다. 둘이 오붓한 시간이라도 가지라고. 이 정도면 나도 아주 고리타분한 늙은이는 아니지 않느냐? 하하하!"

"아버님!"

신영영의 얼굴이 더욱 붉어졌다.

"이 승부는 나중에 지으세."

신패극이 먼저 자리에서 일어났다.

두 사람이 따라서 일어났다. 신영영이 당황해서 아버지를 불렀지만, 신패극은 뒤도 돌아보지 않고 그곳을 떠났다.

두 사람 사이에 잠시 어색한 침묵이 흘렀다.

"일단 앉읍시다."

"네."

두 사람이 자리에 앉았다.

어색할 수밖에 없었다. 이렇게 둘만 마주 보고 앉은 것은 이번이 처음이었다.

백무성이 침묵을 깼다.

"잘 지내셨소?"

"네."

"일전에 초희가 위험한 일을 겪었다 들었소."

고개를 숙인 신영영의 눈빛이 찰나지간 굳어졌다가 풀렸다.
 자신과는 이렇게 서먹한 사이지만, 동생인 초회와 백무성은 아주 친한 사이였다. 어려서부터 신초희는 백무성을 오라버니라 부르며 잘 따랐던 것이다. 자연스럽게 두 사람은 오누이처럼 지냈다. 그에 비해 자신은 백무성과 친분을 쌓지 못했다.
 "다행히 무사합니다."
 "천만다행이오."
 그때였다.
 뒤쪽에서 '흥!' 하는 코웃음 소리가 들렸다.
 돌아보니 신초희가 저만치 떨어진 곳의 나무 뒤에서 팔짱을 낀 채 두 사람을 쳐다보고 있었다.
 백무성이 그녀에게 말했다.
 "왔으면 이리 오지 않고 거기서 뭘 하느냐?"
 "두 사람의 오붓한 시간을 방해할 순 없잖아요?"
 "그런 소리 말고 이리 오너라."
 신초희가 못 이기는 척 그들에게 다가왔다. 신영영을 향한 그녀의 눈빛이 곱지 않았다. 그에 비해 신영영은 그녀를 따스하게 대했다.
 "벌써 이렇게 돌아다니면 어쩌니?"
 "누가 들으면 내가 나지기라도 한 줄 알겠군."
 "정신적인 충격이 때론 몸의 상처보다 더 큰 법이다."
 "흥! 그래서 난 방에만 가둬두시겠다? 둘이 혼례식 하는 날도 나오지 말라는 말로 들리네."

백무성이 꾸짖듯 말했다.

"무슨 소리를 그렇게 하느냐?"

"오라버니는 모르면 끼어들지 마세요."

"희야, 그 무슨 말버릇이냐!"

이번에는 신영영이 그녀를 야단쳤다.

신초희가 울컥 흥분했다. 이미 두 사람이 오붓하게 마주 앉은 것을 볼 때부터 도화선에 불이 붙었던 그녀였다.

"가증스럽게 굴지 마! 착한 척하지 말라고!"

"초희야, 왜 이러니?"

"누가 모를 줄 알아? 언니가 날 죽이려 했다는 것을?"

그 말에 신영영이 충격을 받은 듯 안색이 창백해졌다.

"뭐라고?"

신초희가 고함을 내질렀다.

"죽여! 죽이라고! 날 죽여서 오라버니와 잘살아보라고! 내가 언니 비밀을……."

짝—

백무성이 신초희의 뺨을 때렸다. 백무성에게 처음으로 맞아본 그녀였다. 아니, 아무리 말썽을 피워도 아버지에게도 맞아본 적 없는 그녀였다. 그래서 이렇게 버릇이 없는 것이었지만.

신초희의 눈에서 눈물이 쏟아졌다.

"너무해! 너무해요!"

그러자 백무성이 준엄하게 말했다.

"그날 널 구해준 신군맹의 무인을 부른 것이 누군지 아느냐?"

"오라버니죠? 그렇죠?"

"바로 네 언니다."

신초희가 깜짝 놀랐다.

"그럴 리가?"

고개를 숙인 신영영의 눈에서 눈물이 흘러내렸다. 여전히 그녀는 충격에서 벗어나지 못하고 있었다.

"정말인가요?"

"그래, 명백한 사실이다."

신초희가 혼란스럽다는 표정을 지었다.

"아냐! 그럴 리가 없다고!"

신초희가 어디론가 뛰어갔다.

백무성이 가볍게 한숨을 내쉬었다.

"철부지가 아무 생각 없이 한 말이니 그만 잊어버리십시오."

신영영은 그저 고개를 숙인 채 눈물만 흘렸다.

"오늘은 이만 돌아가겠소. 조만간에 다시 찾아뵙겠소. 그럼."

백무성이 그곳을 떠났다. 그 뒷모습을 바라보며 신영영이 눈물을 닦아냈다. 얼굴에는 눈물자국이 흥건했지만, 돌아서는 그녀의 눈빛은 언제 울었냐는 듯 냉랭하기만 했다.

백무성이 검천을 나서자 진충이 모습을 드러냈다.

조용히 뒤를 뒤따르며 진충이 물었다.

"정말 신 낭자가 귀병을 청한 것입니까?"

"그래. 십이귀병을 청한 것은 그녀가 맞아."

"초희가 오해를 하고 있었군요. 하지만 뺨을 때리신 것은 좀 심하셨습니다."

오랜 시간, 백무성을 옆에서 지켜온 그였다. 신초희가 백무성을 얼마나 좋아하며 따르는지 잘 알았다. 그녀의 입장에서는 충분히 언니를 질투할 수 있다고 생각했다.

그러자 백무성이 잠시 발걸음을 멈췄다.

"그 아이의 목숨을 구한 따귀였다."

"네?"

"초희 입에서 그녀에 대한 비밀이 흘러나왔다면."

잠시 이해할 수 없다는 표정을 짓던 진충이 흠칫 놀랐다.

"그 말씀은 설마?"

"살수를 부른 것도 그녀다. 귀병도 부르고 살수도 불렀지. 원래라면 귀병도 죽이고 초희도 죽였겠지. 결과는 그녀 뜻대로 되지 않았지만."

"신 낭자가 정말 동생을 죽이려 했단 말씀이십니까? 무슨 이유로 말씀입니까?"

"초희가 그녀에 대한 비밀을 알고 있기 때문이겠지."

"아아!"

진충이 탄식했다. 겉으로 봐선 누구보다 현숙한 여인이 신영영이었다.
"그녀는 그런 여자지."
"그런 여인과… 괜찮으시겠습니까?"
"뭐가 말인가?"
"혼인 말입니다."
그러자 백무성이 희미하게 웃었다.
"오히려 정말 잘 어울리지 않나? 자식을 죽이려는 냉혈한과 동생을 죽이려는 악녀의 만남이."
"공자님!"
"하하, 알았네. 그 말은 취소하도록 하지."
"초희를 저대로 둬도 됩니까?"
"당분간은 괜찮을 거야. 아까 초희의 뺨을 때렸을 때, 그녀는 내가 알아차렸다는 것을 눈치챘을 거야."
진충은 정말이지 자신이 모르는 세상이 있다는 것을 인정해야 했다. 설명해 주지 않으면 영원히 모를 일들이었다.
백무성이 화제를 돌렸다.
"적호는 어떻게 되었나?"
"철혈구로에 무사히 잠입했답니다."
백무성이 하늘을 올려다보았다. 구름 한 점 없는 화창한 창공을 누비며 두 마리의 새가 앞서거니 뒤서거니 날고 있었다.
진충의 입이 달싹거렸다. 지금도 늦지 않았다는 말이 입안에서 맴돌았다.

어쩌면 자신의 주인은 누군가 그렇게 말려주기를 간절히 바라고 있을지도 모른다는 생각이 들었다.

하지만 이제 자신은 그에 대해서 끼어들 수 없었다. 앞서의 불충만으로도 이번 일에 자신이 쓸 수 있는 권리는 모두 써버렸다.

진충의 시선이 주인을 따라 하늘로 향했다.

어떤 변수가 발생해 이번 일의 결과가 바뀌길 간절히 바랐다.

*   *   *

진충이 그토록 바라는 변수는 그곳에서 이십 리 떨어진 곳에서 시작되고 있었다.

아담하게 꾸며진 장원으로 야공이 들어섰다.

자신을 안내하는 무복여인을 보며 야공은 내심 감탄하고 있었다. 무복여인의 발걸음에서 절정고수의 그것이 느껴졌다.

'나이도 젊은 것 같은데 대단하군.'

하지만 방에서 자신을 기다리고 있는 여인의 대단함에 비하면 무복여인은 평범하다는 표현이 적당했다.

기다리고 있던 여인은 바로 추월루에서 적호와 밤을 보냈던 바로 그녀였다. 가화의 모습이 아니라 원래의 그 아름다운 모습 그대로였다.

"어서 오세요, 야 루주님."

그녀의 아름다운 모습에 야공은 마음이 시원해지는 상쾌함을 느꼈다.

"오랜만에 뵙습니다, 삼공녀님."

놀랍게도 그녀는 바로 신군맹의 삼공녀 주화인(周華璘)이었다.

"바쁘신 분을 이곳까지 오시라고 해서 죄송해요. 아무래도 맹에서는 보는 눈들이 많을 것 같아서요."

"아닙니다. 덕분에 바람도 쐬고 좋았습니다."

"자, 앉으시지요."

두 사람이 마주 앉았다. 술상이 근사하게 차려져 있었다.

"한잔하시지요."

두 사람이 술잔을 비웠다.

"진작 연락을 드렸어야 했는데, 늦었습니다."

야공의 말에 주화인이 기분 좋은 미소를 지었다.

"별말씀을. 제가 먼저 연락을 드렸어야 했는데, 죄송해요."

그녀는 적호와 있을 때와는 또 다른 분위기였다. 순수한 여인의 모습은 완전히 사라졌고, 야공조차 함부로 눈을 마주치지 못할 위엄이 풍겨 나오고 있었다.

"요즘 일은 어떠세요?"

"변함없습니다만 나이가 드니 요령만 생기고 꾀만 늘고 있습니다."

"총명하신 루주께서 꾀까지 더하시면 가히 머리로는 상대할 자가 없겠어요."

"하하하, 그렇게 되나요?"

두 사람이 마주 보며 웃었다. 야공은 이전에도 그녀를 몇 번 만난 적은 있었지만 이렇게 뚜렷한 목적을 지니고 만난 적은 없었다. 하지만 그녀는 알고 있을 것이다. 자신이 대공자보다 그녀를 더 좋아한다는 사실을. 오늘의 만남 역시 그 의도를 정확히 짐작하고 있을 것이다.

이번에는 야공이 물었다.

"하면 아가씨께선 요즘 어떠십니까?"

"저야 언제나처럼 사형에게 죽지 않으려고 발버둥을 치고 있지요."

그녀의 농담에 야공이 희미하게 웃었다.

주화인이 조금 진지한 표정으로 말했다.

"제가 여자이기 때문에 안 된다고 하는 이들이 있다더군요."

"못난 사내놈들 이야깁니다. 전혀 신경 쓰실 필요가 없으십니다."

"루주께선 다르십니까?"

"저도 같은 사내놈입니다만, 저는 그들이 보지 못하는 것을 하나 보고 있습니다."

"그게 무엇인가요?"

"야망이지요, 그 어떤 사내들보다 더 크고 웅대한."

두 사람의 시선이 허공에서 얽혔다.

백무성이 휘각주와 손을 잡는 순간, 두 사람도 자연스럽게 한 배에 오르게 되었다. 권력 싸움에 있어 적의 적은 아군이란 공식은 영원불변의 진리였으니까.

"호호. 그런 게 보이시나요? 저도 모르는 것을 보시는군요."

"이 늙은이의 눈은 보기보단 정확하답니다."

"어쨌든 기분은 좋네요. 여자들은 거짓말이라도 달콤한 말을 듣는 것을 좋아한답니다."

"하하, 자주 불러주십시오. 이 늙은이가 새로운 것들을 준비해 두겠습니다."

두 사람이 다시 마주 보며 웃었다.

주화인이 여전한 미소로 말했다.

"사형에 대해 얼마나 아시죠?"

"깊이 알지는 못합니다."

"다행이네요. 사형에 대해 깊이 아시면 절 버리고 사형을 따르게 될 테니까요."

야공이 삼공녀를 택한 가장 큰 이유 중 하나가 유감없이 발휘되는 순간이었다.

그건 바로 여유와 자신감이었다.

야공은 비록 여인이지만, 주화인의 그릇이 대공자보다 더 크다고 확신했다.

주화인이 자연스럽게 화제를 돌렸다.

"귀병들 중에 두각을 드러내는 자가 있다고 들었어요."

"적호 말씀이십니까?"

"맞아요. 적호라 들었어요. 어떤 임무도 척척 해낸다면서요?"

"실력이 좋은 자입니다. 하지만 아가씨께서 신경 쓰실 만한 자는 아닙니다. 그저 칼잡이에 불과합니다."

그러자 주화인이 의미심장하게 웃었다.

"그 칼잡이들이 모여 만들어진 곳이 본 맹 아닌가요?"

이번에는 야공이 희미하게 웃었다.

이제 본론을 꺼낼 시간이 되었다.

주화인이 먼저 말을 꺼냈다.

"루주께선 저를 얼마나 믿으시죠?"

야공은 잠시 대답을 아꼈다. 이 대답에 따라 그녀와의 동맹이 확고해지느냐 마느냐가 결정되었다. 그녀와 손을 잡는 순간, 그녀의 운명에 자신의 미래도 함께 걸리는 것이다.

그때 밖에서 여인의 목소리가 들렸다.

"루주님을 찾아온 사람이 있습니다."

야공이 깜짝 놀랐다. 자신이 주화인을 만나는 사실은 비밀 중의 비밀이었다.

"들라 하라."

주화인의 명에 문이 열리며 사내 하나가 들어섰다.

그는 바로 야공의 수족인 밀영이었다. 대공자의 뒤를 캐겠다며 보름의 시간을 달라던 그였다. 약속했던 시간을 넘기고도 그는 나타나지 않았다.

야공은 그를 일부러 찾지 않았다. 그가 나타나지 않았다는 말은 그 뒤를 캐는 과정을 중단할 수 없었다는 뜻이었다. 그만큼 중요한 정보란 느낌을 받았다는 것이리라.

그리고 오늘 이 자리에 모습을 드러냈다. 이 자리가 끝나기를 기다릴 여유조차 없을 만큼 중요한 정보를 가지고.

"잠시 드릴 말씀이 있습니다."

주화인 역시 그런 사실을 눈치챘을 것이다.

"제가 잠시 자리를 비켜 드리지요."

야공이 넌지시 말했다.

"방금 전에 얼마나 믿으시냐고 하셨지요?"

"그랬지요."

야공이 밀영에게 시선을 돌렸다.

"이 자리에서 보고하라."

주화인이 기분 좋은 미소를 지었다.

밀영이 나직이 말했다.

"대공자에게 혈육이 있었습니다."

주화인이 벌떡 자리에서 일어났다.

그녀는 사형이 휘각주를 찾았다는 소식을 들었을 때, 뭔가 그에게 중요한 일이 생겼다는 것을 눈치챘었다. 적호에게 명령이 내려갈 것도 정확히 추측했다. 중요한 일일 테고, 가장 실력 좋은 이에게 일을 맡길 테니까. 하지만 그 이유가 이런 엄청난 것인 줄은 꿈에도 생각지 못했다.

"그 혈육이 철혈구로에 들어갔습니다."

삼공녀 191

놀라기는 야공 역시 마찬가지였다.

"아! 그렇다면 적호는 그를 구하러 간 것이구나!"

야공이 이제 알겠다는 표정을 지었다. 구양서가 그 난리를 칠 만했다는 생각이 들었다.

주화인이 밀영을 응시하며 나직이 말했다.

"데려오란 명령이 아니었지?"

밀영이 고개를 숙이며 대답했다.

"네. 그를 죽이란 명령이 내려졌습니다."

야공이 경악했다.

"설마?"

"사형은 그런 사람이지요."

주화인은 그 사실이 전혀 놀랍지 않은 듯 보였다.

야공이 재빨리 말했다.

"지금이라도 새로운 귀병을 보내야 합니다."

"보내서는요?"

"그 혈육을 데려와야지요. 죽게 놔둬서는 안 됩니다. 그를 확보하면 이번 싸움에서 공녀님께서 유리한 고지에 설 수 있습니다."

"옳으신 말씀이에요. 그럼 적호보다 뛰어난 사람을 지금 당장 보내세요."

그녀는 다른 누군가를 보내란 뜻으로 말한 것이 아니었다. 지금 적호보다 더 나은 사람이 어디에 있냐는 따끔한 질책이었다.

야공이 아무 대답도 못했다. 급한 마음에 보내야 한다고 했지만, 뒤늦게 보내서 일이 될 리 없었다. 더구나 적호가 그것을 그냥 두고 볼 리도 없었다.

주화인이 담담히 말했다.

"이번 일은 제게 맡겨주세요."

그녀의 미소에 자신감이 엿보였다. 야공이 고개를 끄덕였다.

"알겠습니다."

"이번 일은 절대 밖으로 새어나가선 안 됩니다."

"명심하겠습니다."

야공과 밀영이 그 자리를 물러났다.

그들이 떠나자 여인이 들어왔다. 앞서 야공을 안내하고, 예전에 주화인의 옷을 입혀주던 그 무복여인이었다. 그녀는 바로 주화인의 심복이자 호위무사인 이단심(李丹心)이었다.

"그분께서는… 실패하지 않을 겁니다."

"너, 그 사람 싫어하잖아. 그놈이라고 해도 돼."

순간 이단심이 당황했다.

"저는 다만… 그분과 아가씨가 어울리지 않는다고 생각할 뿐입니다."

"신분 차 같은 것?"

"엄연히 존재하는 차이지요."

"그럼 너와 난 어떻게 하지?"

"네? 그게 무슨 말씀이신지?"

삼공녀 193

"난 너를 친구처럼 생각하는데."

경악한 이단심이 그 자리에 엎드렸다.

"제발 그 말씀 거둬주십시오!"

"알았어. 알았으니까 그만 일어나."

이단심이 자리에서 일어났다. 가끔 이렇게 자신을 당황하게 하는 주인이었다. 하지만 비록 그것이 진심이든 진심이 아니든, 그렇게 말해주는 것이 너무나 고마웠다.

"이제 어떻게 하실 작정이십니까?"

"막아야지."

"어떻게요?"

"그를 만나러 가야겠다."

이단심이 깜짝 놀랐다.

"직접 말씀이십니까?"

주화인이 고개를 끄덕였다.

"최대한 빨리 출발 준비하도록."

위험하다는 말을 꺼내지 못했다. 이미 주화인은 결정을 내린 후였고, 지금까지 봐온 주화인은 한 번 내린 결정을 되돌리는 사람이 아니었다.

"알겠습니다."

주화인이 한숨을 내쉬며 나직이 덧붙였다.

"사형은 자식을 버렸어. 난 무엇을 버려야 사형을 이길 수 있을까?"

第十七章
교언영색

절대
강호

적호가 고서점에 들어섰다.

철혈구로에 들어간 지 십오 일이 지나서야 첫 외출을 할 수 있었다. 그전에도 나올 수 있었지만, 적호는 위험을 감수하지 않았다.

철혈구로에서의 생활은 생각보다 행동이 자유로웠다.

일조를 제외하고 나머지 열 개 조는 돌아가며 비상 대기를 해야 했다. 갑작스런 임무에 대비하는 것이다.

대신 대기조를 제외한 나머지 조는 자유로운 생활이 가능했다. 정해진 일과 시간 이후에는 외출도 가능했다. 대신 자정 전에는 반드시 돌아와야 했다. 자유를 주는 대신, 그것을 어겼을 때의 규제는 매우 엄격했다.
 접선 장소로 오는 동안 몇 번이나 확인을 했지만 미행하는 자는 없었다.
 고서점의 비밀 방에서 연이 기다리고 있었다.
 "다친 곳은?"
 보자마자 적호가 그녀의 부상부터 물었다.
 "덕분에요. 이젠 괜찮아요."
 자신의 부상부터 물어주는 적호가 고마웠다. 적호가 아니었다면 그날 죽었을 것이다. 생명의 은인이라 생각하자 이전과는 또 다른 느낌이 들었다.
 하지만 연은 그런 감정을 드러내지 않으려 노력했다. 사적인 감정은 절대 금물이다.
 적호는 홍가장의 아이들에 대해 묻지 않았다. 연이 알아서 잘 처리했을 것이다.
 그녀의 얼굴은 피곤해 보였다.
 적호가 그녀를 위해 만날 하는 농담을 던졌다.
 "술이나 한잔할까?"
 그런데 연이 의외의 대답을 했다.
 "그럴까요?"
 "정말?"
 "네."
 "사지근맥이 잘려 뇌옥에 가더라도?"

"가면 가는 거죠. 지금 한잔하러 가죠."

갑자기 연이 이렇게 나오니까 적호가 당황했다. 연이 풋, 하고 웃었다. 그녀가 자신을 놀렸음을 알아차렸다. 마주 보는 두 사람의 얼굴에 기분 좋은 감정이 실렸다.

연이 물었다.

"철혈구로에서의 생활은 어떠세요?"

"그럭저럭."

근래 홍가장의 일 이후 칠조의 분위기는 좋지 못했다. 특히 칠조일로는 하루 종일 인상을 쓰고 다녔고, 조원들도 침울한 분위기였다.

그 와중에도 몇 가지 알아낸 사실이 있었다.

우선은 철혈대로의 집무실이었다. 집무실은 철혈구성의 가장 위층, 즉 구층에 위치하고 있었다.

일층에서 오층까지 이조부터 십일조까지 사용했다.

육층에서 팔층은 일조가 사용했다. 마지막 구층에 철혈대로의 집무실이 있었다.

하지만 아직 그곳까지 올라가 보진 못했다. 기회를 엿보았지만 일반 조원들이, 그것도 이제 막 들어온 신입이 그곳에 올라갈 기회는 없었다.

적호는 초조해하지 않았다.

지금까지의 경험상 이번 일은 단 한 번에 해치워야 할 일이었다. 하루에 둘 모두를 처치하고 그날 빠져나와야 한다.

교언영색 199

지금 가장 중요한 것은 백소운이 누군지를 찾아내는 일이었다.

막말로 철혈대로의 암살은 실패해도 상관없었다. 시도를 했다는 것이 중요했다.

하지만 백소운은 반드시 죽여야 했다.

그를 죽이는 것이 진짜 목표였으니까. 하지만 그가 누군지를 알아보는 일은 생각보다 쉬운 일이 아니었다. 그렇다고 조원들을 찾아다니며 과거에 당신이 백소운이었소라고 물어볼 수도 없었다.

"알아봐 달라고 한 것은?"

적호의 물음에 연이 탁자 위로 한 장의 지도를 펼쳤다.

"바로 이곳이에요."

사악련 내부 지도였다. 여러 곳이 바뀌었지만 여전히 적호에겐 낯익은 지도였다. 이 년 전 임무를 위해 완전히 머릿속에 들어 있던 내용이었다.

"문서 보관소는 바로 이곳에 있어요."

내당 깊숙한 위치였다.

"모든 사악련 무인들의 신상이 이곳에 보관되어 있어요. 철혈구로에 대한 신상 자료도 그곳에 보관되어 있을 거예요."

연에게는 철혈대로를 죽이기 위해 조원들의 신상 정보가 필요하다고 둘러댔다. 연은 그에 대해 조금도 의심하지 않았다. 하지만 적호의 진짜 목적은 백소운에 대해 알아보기 위해서였다.

"경계가 엄중하겠군."

"이곳 보관소 자체는 생각보단 허술할 거예요."

"왜지?"

"문서 보관소는 모두 둘이에요. 기밀 문서만을 보관하는 곳이 따로 있지요. 철혈대로의 신상 정보는 그곳에 보관되어 있을 거예요. 하지만 이곳은 일반 문서를 보관하는 곳이죠. 일반 무인들의 신상 내력이 일급 기밀이라 볼 수는 없으니까요."

적호가 고개를 끄덕였다. 그나마 다행한 일이었다.

연이 심각한 표정으로 말했다.

"하지만 문제는 그곳까지 가는 길이에요."

연이 철혈구성에서 내당까지를 손가락으로 길게 이었다.

"이 년 전 적호님의 임무 이후에 그 경계가 비교할 수 없을 정도로 강화되었어요. 게다가 그때와 무인들의 배치가 완전히 달라졌어요."

적호가 입맛을 다셨다. 이미 직접 확인을 한 바였다. 자신 때문이니 어디 하소연할 수도 없는 일이었다.

그때 적호의 시선이 지도의 한곳으로 향했다.

"여긴 어디지?"

문서 보관소에서 그리 멀지 않은 곳에 전에 없던 건물이 생겨 있었다. 원래 그곳은 커다란 연무장이었던 곳이나.

"아, 그곳은 수라혈마단의 건물이에요. 외당에 있던 것이 이 년 전 그 일을 계기로 내당으로 옮겨졌어요. 내당 수비 강화의

교언영색 201

일환으로요."

"수라혈마단?"

순간 적호의 눈에서 이채가 발했다.

바로 수라혈마단은 용하진의 아버지가 단주로 있는 곳이었다. 뭔가 짠 하고 느낌이 왔다.

"좋은 생각이라도 나신 건가요?"

적호의 눈빛이 반짝였다.

"어쩌면."

* * *

이틀 후, 적호는 연무장에서 용하진을 만났다.

우연을 가장했지만 의도적인 만남이었다. 일부러 그가 훈련을 나온 시간에 맞춰 그곳을 찾은 것이다.

"흥! 아직도 뒈지지 않았군."

적호에 대한 적대감은 여전했다.

적호가 모른 척 한옆에서 수련을 시작했다. 근처에서 몸을 풀면서 적호가 의도적으로 용하진을 힐끔거렸다.

"이 자식이 뭘 자꾸 쳐다봐?"

잠시 망설이던 적호가 그에게 다가갔다.

"사과할 것이 있소."

"사과?"

의외의 말에 용하진이 의심스런 눈초리를 날렸다.

"무슨 헛소리냐?"

이런 식이라면 자신도 말하지 않겠다는 태도로 적호가 돌아섰다.

그러자 용하진이 소리쳤다.

"멈춰!"

그가 조금 누그러진 어조로 말했다.

"말하려던 것 말해봐."

용하진은 궁금했다. 못마땅하고 싫은 적호였지만, 자신에게 사과한다니 그 내용이 궁금한 것이다.

적호가 다시 돌아섰다.

"지난번 승천기를 차지할 때 일 말이오. 양보하지 않아서 미안하오."

"그걸 왜 이제야 사과를 하지?"

적호가 머뭇거렸다.

"수라혈마단이 그렇게 대단한 곳인지 몰랐소."

적호는 용하진을 똑바로 쳐다보지 못했다. 용하진이 코웃음을 쳤다.

"흥! 멍청한 놈! 그걸 이제야 알았단 말이냐?"

"그땐 몰랐었소."

예선 석호의 그 도도하고 건방진 태도는 완전히 저자세로 바뀌어 있었다.

용하진은 의기양양해졌다. 자신이 누구 아들인지도 모르고 설쳐 대다 이제야 실수란 것을 깨달은 모양이었다.

적호가 꾸벅 고개를 숙인 후 돌아섰다.

"그럼 사과를 받아준 것으로 알고 이만."

용하진이 적호를 불렀다.

"잠깐!"

"왜 그러시오?"

"그렇게 꼴같잖은 한마디 툭 던지고 돌아서면 그만이야? 누가 받아준데?"

"그럼 어쩌자는 말이오."

적호가 눈에 힘을 주었다. 적호는 너무 저자세로 구는 것이 오히려 놈의 의심을 살 수도 있다고 생각했다. 이쯤에서 성질을 한번 부려야 했다.

적호의 날카로운 눈빛에 용하진이 움찔했다. 어쨌든 실력은 자신보다 한 수 위인 적호였다.

"싸우자는 말 아니니 눈깔에 힘 빼."

적호가 인상을 풀었다. 순순히 말을 듣는 것으로 볼 때, 확실히 예전보다 기세가 꺾여 있었다.

"앞으로 내 말을 잘 듣는다면 네 출세는 내가 보장하지."

용하진의 말에 적호가 선뜻 대답을 못했다. 적호의 동요가 느껴졌다.

이윽고 적호가 단호하게 말했다.

"싫소."
너무 강한 어조로 말해 오히려 어색한 거절이 되고 말았다.
"그럼 마시든지."
적호가 돌아서 걸어갔다.
그 모습을 지켜보던 용하진이 야릇한 미소를 지었다.
'과연 네가 얼마나 참나 보자.'

적호가 참은 시간은 사흘이었다.
연무장에서 수련 중인 용하진에게 적호가 다가갔다.
"그 잘난 자존심은 딱 사흘짜리군."
발끈할 법도 했지만, 적호가 조금 침울한 어조로 물었다.
"이번에 우리 조에서 선배 둘이 죽은 것 아시오?"
"그렇다."
작전에 나갔다가 칠조원 둘이 죽었다는 것은 모두가 아는 사실이었다.
"그들의 죽음을 보며 느낀 바가 많소. 실컷 소모품처럼 이용당하다가 언젠가 나도 그들처럼 비참하게 죽게 될 것이란 생각이 들었소."
용하진이 피식 웃었다.
'그런 이유였군.'
적호가 자신에게 빌붙으려는 이유를 확실히 납득했다. 사흘 전의 만남 이후 뭔가 수상하다고 생각했다. 어떤 의도를 가지고 자신에게 접근한 것이 아닐까 의심이 든 것이다. 그런데 방금 전의 말을 듣고 나니 의심이 깨끗이 사라졌다.
"어차피 출세를 위해 들어선 길이었소. 날 끌어주시오."
"내게 충성을 맹세하겠나?"
용하진을 응시하던 적호가 힘차게 말했다.
"맹세하겠소. 대신 무작정 주인으로 모시진 않겠소. 내게도 시간을 주시오."
"한마디로 내가 주인이 될 자격이 있나 시험하겠다?"
"꼭 그런 것은 아니지만. 다른 사람들의 눈이 있으니 둘이 있을 때만 형님으로 모시겠소."
"좋아! 받아들이지."
"형님! 앞으로 잘 부탁드립니다."
적호가 고개를 숙였다. 스스로도 자신의 연기가 나쁘지 않다고 생각했다. 사실 지금까지 이렇게 연기를 할 기회는 많지 않았다. 그럼에도 이렇게 천연덕스러운 연기가 가능한 것은, 마음의 여유가 있어서였다. 지금까지 적호가 상대해 온 적들과 비교하면 용하진은 애송이 축에도 들지 못했다.
"그리고 한 가지 문제가 있소. 이렇게 조가 달라선 아무것도 안 될 것 같소."
용하진이 생각해도 그건 확실히 문제였다.
"힘을 써서 날 형님 조로 옮겨주시오."
그건 쉽지 않다고 말하려다가 용하진이 이내 고개를 끄덕었다.

"좋아, 그 문제는 내게 맡겨둬."

이런 부탁도 들어주지 못한다면 그가 실망할 것이다.

용하진은 저호를 잘 키워 훌륭한 수하로 삼고 싶었다. 아버지께서는 항상 말씀하셨다. 강력한 지도자가 되려면 좋은 수하를 많이 얻어야 한다고.

그때 소붕이 그곳으로 걸어왔다. 근래 통 못 보다가 오랜만에 만난 적호가 반가웠는지 그가 후다닥 달려왔다. 그러다 용하진을 보고 흠칫 놀랐다.

"어? 뭐야? 둘이 왜 붙어 있어?"

용하진이 그를 보며 히죽 웃었다. 치기 어린 승자의 미소였는데, 적호는 이런저런 말이 나오기 전에 그곳을 떠나는 것이 낫다고 생각했다.

"그럼 먼저 들어가겠소."

적호가 돌아서 걸어갔다.

소붕이 두 사람을 번갈아 보다 말했다.

"이거 대체 무슨 분위기냐고!"

적호는 시간만 나면 용하진과 어울렸다.

지난 열흘 사이, 용하진 조도 작전을 나갔다 왔다 돌아와서는 혼자서 여덟이나 베었다고 침을 튀겨가며 자랑을 했다.

반면 적호의 칠조는 임무에서 제외되었다. 철혈대로의 명령이었다. 칠조일로는 건들면 폭발할 것처럼 심기가 불편해 있었다.

덕분에 시간이 많이 남게 된 적호였다. 몸이 근질근질했지만, 무공 수련을 할 수는 없었다. 대신 적호는 해야 할 한 가지 작업에 몰두할 수 있었다.

"또 나를 빤히 쳐다보는군."

용하진의 말에 적호가 머쓱하게 고개를 돌렸다.

"아닙니다."

"왜 자꾸 보지?"

적호는 시간만 나면 자신의 얼굴을 관찰하듯 쳐다보았다. 자신을 만날 때마다 매번 그랬다. 마치 화공이 초상화를 그리려고 상대의 얼굴을 관찰하는 것 같았다. 기분이 나쁠 법도 했지만 적호의 눈빛에 악의는 담겨 있지 않았다.

'잘생겨서겠지?'

결국 용하진은 그렇게 생각했다.

'네가 내게 잘 보이려고 여러 수를 쓰는구나. 하지만 날 애송이 취급해선 큰코다칠 것이다.'

용하진은 적호가 마음에 들었다. 일단 나이에 비해 무공 실력이 강했고, 보면 볼수록 듬직했다. 소붕처럼 얍삽한 놈들과는 차원이 달랐다.

"널 우리 조로 옮기는 것보다는 내가 너희 조로 가는 게 좋을 것 같다. 아무래도 두 명이나 결원이 생겼으니 한 명쯤 보충해야겠지."

물론 다른 이유가 컸다. 그날 보았던 칠조육로를 가까이서 보고 싶어서였다.

"그날 그 여자 있지? 널 인솔해 갔던 여자 말이야."

"육로 말씀이십니까?"

"어떻지?"

"무슨 말씀이신지……?"

"그냥 그녀와 어떻게 지내냐고."

그러면서 슬쩍 음흉한 표정을 지어 보였다. 적호는 그녀를 어떻게 해보고 싶어하는 용하진의 속마음을 눈치챘지만 모른 척 반응했다.

"선임이라 자주 이야기를 나눕니다."

"그래?"

용하진의 눈빛이 반짝였다. 적호를 이용해 어떻게 해보려는 욕심이 얼굴에 고스란히 드러났다.

하지만 그러려면 일단 조부터 옮겨야 했다.

"내일 아버님을 뵙기로 했다."

"휴가를 받으셨습니까?"

"휴가는 필요없다. 아버님은 이곳의 내당에 계시거든."

적호가 깜짝 놀란 표정을 지었다.

"수라혈마단주님께서 이곳에 계신다고요?"

"그래. 몰랐지?"

"이렇게 가까이 계신 줄은 몰랐습니다. 그사이 한 번도 안 뵌 겁니까?"

용하진이 고개를 끄덕였다.

아버진 자신을 한 번도 찾지 않았다. 정말이지 참으려 해도 짜증이 치솟는다.

하지만 이번 부탁은 아버지가 들어주시리라 확신했다. 아무리 채찍질을 좋아하시는 아버지라도 당근 한 조각 정도는 주시겠지.

"하긴 저흰 내당 쪽으론 출입할 수 없으니, 수라혈마단이 그곳에 있는 줄 알 수가 없었지요."

"어때? 함께 가볼 테냐?"

적호가 기다렸던 물음이었다.

"그래 줄 수 있으십니까?"

용하진이 웃으며 말했다.

"당연히."

"괜히 무리하지 않으셔도 됩니다. 그냥 혼자 다녀오십시오."

적호가 슬쩍 물러서며 도발하자, 용하진이 발끈했다.

"무리라니! 누구에게 그딴 소린가? 내일 함께 가자고."

"그러시면, 알겠습니다."

돌아서는 적호의 입가에 살짝 미소가 지어졌다. 용하진은 절대 상상조차 못할 의미가 담긴 미소였다.

드디어 때가 왔다.

다음날, 일과 시간이 끝나고 적호와 용하진이 내당으로 향했다.

첫 번째 문에서 무인들이 막아섰다. 지난번 적호가 왔다가 제지당했던 그곳이었다.

"어디 가십니까?"

적호가 대신 대답했다.

"수라혈마단주님을 뵈러 가네."

그 모습에 용하진이 흐뭇하게 웃었다. 진짜 믿음직한 수하가 생긴 기분이었다.

"소속과 성함을 말씀해 주십시오."

"철혈구로, 육조오로와 칠조칠로네."

이번에도 역시 적호가 대답을 대신했다.

"아, 미리 연락받았습니다."

무인이 수하들에게 문을 열라고 지시했다. 철혈구로에 수라혈마단주의 아들이 들어갔다는 소문을 모두들 듣고 있었다. 때문에 무인들의 태도가 공손했다.

두 사람이 그곳을 통과했다.

"빈을 서는 무인이 열 명이나 있군요."

적호의 말에 용하진이 피식 웃었다.

"열 명으로 봤나?"

"아니었습니까?"

"매복한 이들이 열 명 더 있었다."

녀석이 눈치챌 정도로 허술한 매복이 아니었다. 아마도 누군가에게 미리 들은 내용인 듯했다.

"대단하군요. 이렇게 철통같이 지키니 외부의 침입은 꿈도 못 꾸겠습니다."

내당까지 세 개의 관문을 지났다. 이미 그들의 출입 허가 명령이 내려온 상황인지라 둘은 무사히 그곳을 통과했다. 그때마다 적호가 나서서 신분을 밝혔다.

적호는 무인들의 숫자와 위치를 모두 기억했다.

그렇게 그들이 내당으로 들어섰다.

저 멀리 수라혈마단의 건물이 보였다.

그리고 적호의 시선이 향한 곳은 오른쪽으로 난 길의 끝이었다. 그곳의 담 너머에 작은 건물이 보였다. 그곳이 바로 적호의 목표인 문서 보관소였다. 당장이라도 달려가고 싶지만 아직은 때가 아니었다.

두 사람이 수라혈마단으로 들어섰다.

연무장에는 혈마단 무인들이 훈련을 받고 있었다. 사악련의 정예 무인들답게 그 몸놀림이 힘차고 날렵했다.

용하진의 눈에 힘이 들어갔다.

"언젠가 내가 이들을 지휘할 날이 올 거야."

"저도 믿습니다."

"그때 네가 내 옆을 지켜줬으면 좋겠군."

"그럴 겁니다."

적호의 충성심 가득한 대답에 용하진은 기분이 좋았다. 갈수록 자신에게 호의직으로 변해가는 적호였다. 그 변화는 용하진으로 하여금 자신이 제대로 수하를 감복시키고 있다는 착각에 빠져들게 했다.

두 사람이 용천세의 집무실에 도착했다.

"여기서 기다려."

"알겠습니다."

용하진이 안으로 들어섰다.

적호가 문에서 조금 떨어진 구석으로 물러났다.

그러면서 날카롭게 주위를 살폈다.

문 앞을 지키는 두 명의 무인, 그리고 천장에서 미약한 기운들이 느껴졌다.

천장의 그들은 문 앞의 무인과는 조금 다른 기도를 지니고 있었다. 좀 더 진중하고 정갈한 느낌이었다. 그들은 입구를 지키는 수라혈마단의 무인들이 아니었다. 호위 임무만 전담하는 무인들이었다.

그에 비해 철혈대로는 따로 호위하는 무인들이 없다고 했다.

일조원들이 돌아가며 그를 지킨다고 했다. 오히려 좋지 않았다. 그들이 지금의 이 호위무사들보다 훨씬 강할 테니까.

적호가 그렇게 주위를 살피고 있을 때, 용하진은 팽팽한 신경전을 시작하고 있었다.

"무슨 일이냐?"

용천세는 첫마디부터 사무적이었다.

용하진의 인상이 굳어졌다. 아무리 자신이 못마땅하더라도 오랜만에 만난 아들에게 이런 쌀쌀맞음이라니. 섭섭함은 자연 반항기 가득한 치기로 이어졌다.

"부탁드릴 것이 있습니다."

"부탁?"

용천세의 얼굴이 찌푸려졌지만 용하진은 오히려 당당하게 말했다.

"조를 옮겨주십시오."

"조를? 왜냐?"

"절 믿고 그냥 들어주시면 안 됩니까?"

용천세는 잠시 말이 없었다.

아들은 자신이 미워한다고 생각하고 있지만 그건 오해였다.

그는 누구보다 아들을 아꼈다. 문제는 아들의 천성이었다. 될성부른 나무는 떡잎부터 안다지만, 용하진은 그 반대였다.

대체 누굴 닮았는지 어려서부터 욕심 많고, 이기적이었고, 옹졸했다. 차라리 패도적이거나 야심이 크다면 좋았겠지만 그것도 아니었다. 한마디로 그릇이 작아도 너무 작았다.

일에 바빠서 아들을 제대로 챙기지 못한 탓도 있었다. 오냐오냐 버릇없이 키운 탓도 있었다. 고치려 들었을 때는 이미 성격으로 굳어진 후였다.

뒤늦게 엄하게 대했지만 이렇게 부작용만 자꾸 생겼다.

아들을 이해해 보려고 노력도 했다. 하지만 녀석은 화를 내지 않으려 해도 이렇게 회니는 짓만 골라서 했다.

조를 옮기려면 철혈대로를 찾아가서 해결해야 할 문제였다. 자신을 찾아오는 발상부터가 글러먹은 것이다. 정신 상태가 썩어빠진 놈이라고 호통을 치고 싶은 것을 억지로 참았다.

"날 찾아올 일이 아니지 않느냐?"

"그럼 대체 누굴 찾아가야 한단 말씀입니까?"

"그걸 몰라서 묻는 것이더냐!"

언성이 높아졌다. 둘의 목소리가 밖에까지 들려왔다.

적호는 한옆에 얌전히 서 있었다.

그때 그곳으로 몇 사람이 걸어왔다.

적호가 흠칫 놀랐다. 가운데 선 사내는 일반 무인과는 차원이 다른 기도를 지니고 있었다. 적호가 침을 꿀꺽 삼켰다. 상대가 입고 있는 옷은 철혈구로의 복식이었다.

걸어오고 있는 사내는 철혈대로 철무강이었다. 그 뒤를 따르는 이들은 일조일로와 이로, 그리고 삼로였다. 그들 역시 절정고수의 기도를 뿜어내고 있었다. 적호는 그가 누구인지 단번에 알아차렸다.

그들이 집무실 앞으로 다가왔을 때, 복도 끝에서 적호가 허리를 깊이 숙여 인사했다.

교언영색 215

철무강은 왜 자신의 수하가 이곳에 있는지 궁금하다는 표정을 지었다. 뒤에 선 일조의 사내들 역시 비슷한 눈빛이었다.

그때 안에서 목소리가 들려왔다.

"전 아버지가 시키는 대로 철혈구로에 들어갔습니다. 그런데 이깟 부탁 하나 못 들어주십니까?"

"이놈! 대체 어디서 배운 버릇이더냐!"

그제야 철무강은 왜 적호가 이 앞에 있는지 단번에 이해했다.

문 앞의 무인이 안에 기별을 하려는데, 철무강이 그를 제지했다.

"잠시 기다리겠네."

그리고는 철무강이 적호에게로 걸어왔다. 호위하던 세 사내는 반대쪽에서 대기했다.

적호의 심장이 두근거렸다. 적호는 그것을 감추지 않았다. 일부러 더욱 긴장한 모습을 보였다.

철무강이 다가서자 적호가 또다시 허리를 굽혔다.

철무강이 나직이 말했다.

"인사는 한 번으로 족하지."

"죄송합니다."

적호의 목소리가 떨렸다.

철무강은 그것이 당연하다고 여겼다. 만약 적호가 완전히 감정을 지배해서 침착하게 대처했다면, 오히려 의심을 샀을 것이다.

"몇 로인가?"

"칠조칠로, 이번에 들어온 신입입니다."

철무강은 신입들의 얼굴을 기억하지 못했다. 그는 언제나 일조를 통해 수하들을 다뤘기에, 신입뿐만 아니라 일반 조원들 모두를 속속들이 알지 못했다.

하지만 누구도 그에 대해 불만을 갖지 않았다. 모두들 당연하다고 생각했다. 그는 그럴 만한 자격이 있는 사내였으니까.

하지만 철무강은 칠조칠로란 말에 관심을 보였다.

"칠조칠로? 그렇다면 육로가 선임이겠군."

적호는 짧은 순간 그에게서 스친 특별한 감정을 놓치지 않았다.

"그렇습니다."

"잘해주던가?"

"네."

어쩐지 육로에 대해 그냥 지나가는 말로 물은 것이 아닐지도 모른다는 생각이 들었다.

적호는 애써 철무강의 실력을 파악하려고 애쓰지 않았다. 자연스럽게 그의 기도를 느꼈다.

차갑고 날카로웠다.

손대면 사악 베일 것 같은 검날의 느낌.

적호는 그가 어떻게 싸우는지 느낌이 왔다.

빠르고 단호하게. 그러면서도 침착하고 신중한 유형이다. 절대 만만한 상대가 아니었다.

그리고 뒤이어 또 다른 느낌이 들었다.

그것은 불안정함이었다.

날카로운 칼이 아무렇게나 내던져져 있는 느낌. 땅바닥에, 혹은 탁자 위에 그냥 무방비로 방치된 느낌이 들었다. 그래서 아무나 그 검을 들고 휘두르다가 크게 다칠 것 같은 불안함이 느껴졌다.

"아, 칠로라면 이번에 시체를……."

그때 집무실 문이 덜컥 열렸다.

용하진이 한껏 상기된 얼굴로 밖으로 나왔다.

"이만 돌아가자!"

목청을 높였다가 그가 흠칫 놀랐다. 뒤늦게 일조의 무인들과 철무강을 발견한 것이다.

용하진은 대번에 그가 철혈대로란 것을 알아차렸다.

"육조오로입니다."

적호에게 질문을 하려던 철무강이 그에게로 돌아섰다.

적호는 내심 안도했다. 공연히 그날의 일을 이야기하는 것은 어떤 의미로든 좋지 않았다.

철무강이 용하진에게 다가갔다.

"아버님은 훌륭한 분이시네. 그 명성에 누가 되지 않도록 노력하게."

"알겠습니다."

용하진이 힘차게 대답했다.

입구의 무인들이 용천세에게 보고했다.

"대로께서 오셨습니다."

"어서 모셔라."

철무강이 안으로 들어갔다.

일조의 무인들이 두 사람에게 곱지 않은 시선을 보냈다. 눈빛에 아버지의 배경만 믿고 설쳐 대었다간 혼날 것이란 경고가 담겼다.

두 사람이 조심스럽게 그들을 지나쳐 밖으로 나왔다. 건물을 나와서야 용하진이 한숨을 내쉬었다.

"망할! 간 떨어지는 줄 알았다."

"그러게 말입니다. 저도 많이 놀랐습니다."

"과연 소문대로 겁나게 생겼군."

적호가 힐끔 건물을 돌아보았다.

소문처럼 그는 확실히 강한 사내였다. 하지만 그에게서 느껴진 그 불안정함의 정체가 무엇일지 궁금했다.

그렇게 두 사람이 내당을 벗어나 철혈구성으로 돌아왔다.

숙소로 돌아가며 용하진이 말했다.

"내당 구경 어땠나?"

"정말이지 큰 도움이 되었습니다."

"도움? 무슨 도움?"

교언영색 219

"앞으로 계획을 세우는 데 말입니다."

용하진은 그것이 자신과 함께 내당으로 가자는 뜻으로 이해했다.

"하하하. 조금만 참고 고생하라고! 곧 우린 그곳으로 가게 될 거야."

적호가 의미심장한 미소를 지었다.

"그럼요, 곧 가게 될 겁니다… 우린."

第十八章
소객

내당으로 향하는 관문에 다시 용하진이 모습을 드러냈다.
"무슨 일이십니까?"
적호와 용하진이 그곳을 떠난 지 이각도 지나지 않은 시간이었다.
용하진이 덤덤히 대답했다.
"아버님 방에 두고 온 것이 있네."
"아, 그러십니까?"
"통과시켜 주게."
무인이 난처한 표정을 지었다.
"출입 허가가 내려오지 않았습니다."

"당연하지. 방금 말하지 않았나? 두고 온 것이 있다고. 금방 다녀올 것이네."

"그게… 곤란합니다. 다시 출입 허가를 받으셔야 들어가실 수 있습니다."

"그깟 것 가지러 가면서 다시 출입 허가를 받으라고?"

용하진의 목소리가 착 가라앉았다.

"그럼 할 수 없지."

용하진이 인상을 굳히며 돌아섰다.

그러다 다시 힐끔 고개를 돌렸다.

"자네 이름이 뭔가?"

"네?"

무인이 침을 꿀꺽 삼켰다. 주위에 있던 무인들도 흠칫 놀랐다.

"자네 이름이 뭐냐고 물었네."

용하진의 눈빛에 담긴 것은 그들이 절대 감당할 수 없을 것 같은 뒤끝이었다.

무인이 아무 대답도 하지 않자 용하진의 눈빛이 더욱 사나워졌다.

"대답도 안 하겠다 이 말이지?"

그 압박을 무인은 감당하지 못했다.

무인이 수하들에게 문을 열라고 명령했다.

"대신 금방 나오셔야 합니다."

"고맙네. 자네 이름이 뭔가?"

호의가 가득한 물음이었다. 이번에는 무인이 자신의 이름을 밝혔다.

용하진이 흡족한 미소를 지었다.

"그 이름, 꼭 기억하지. 참, 기왕 이렇게 된 김에 부탁 하나 더 하세."

"뭡니까?"

"다음 관문에도 기별을 해주게. 이 실랑이를 반복하고 싶진 않네. 그리고 기왕 일이 이렇게 된 것 자네 이름만 기억하는 게 낫지 않겠나?"

무인은 이번에는 길게 고민하지 않았다. 어차피 내친걸음이었다.

수하에게 고개를 한 번 끄덕였다. 눈치 빠른 수하가 먼저 달려갔다.

무인이 가볍게 한숨을 내쉬었다. 원칙적으로는 규정 위반이긴 했지만 큰 문제는 없을 것이라 생각했다.

수라혈마단주의 아들에, 더구나 방금 전에 통과했던 그였다. 이 정도는 누가 봐도 융통성있는 일 처리의 범주에 들 것이다.

용하진이 무사히 세 개의 문을 지났다.

하지만 그가 향한 곳은 물건을 두고 왔다는 수라혈마단의 건물이 있는 쪽이 아니었다.

바로 문서 보관소 쪽이었다.

그는 용하진이 아니라 적호였다.

천변백면공으로 용하진의 얼굴로 변신한 것이다. 용하진과 어울리면서 적호는 그의 얼굴을 계속 관찰했다.

아까 두 사람이 관문을 통과했을 때, 적호가 대신 나서서 소개를 한 것은 용하진의 목소리를 그들이 듣지 못하게 하려는 의도였다.

그의 목소리를 똑같이 따라 하는 것은 힘들지만, 전혀 다른 새 목소리를 내는 것은 어렵지 않은 일이었으니까. 이미 그때부터 적호는 이곳을 다시 오려고 작정하고 있었던 것이다.

적호가 소리없이 보관소의 담을 넘었다.

연의 말처럼 내부 경계는 그리 철저하지 않았다. 입구 쪽에 번을 서는 두 사람의 무인이 전부였다. 내당까지의 경계가 워낙 철저한데다가 일반 문서가 보관된 곳이었기 때문이다.

팍! 팍!

두 무인이 순식간에 수혈을 제압당했다.

그들은 자신이 당했다는 것도 느끼지 못하고 잠이 들었다. 적호가 잠든 그들을 벽에 기대두었다.

적호가 건물 안으로 들어섰다.

안에서는 아무 기척도 느껴지지 않았다. 당연한 일이었다. 원래 어느 조직이나 문서가 보관된 곳의 내부에는 따로 경비무인을 세우지 않는 것이 원칙이었다. 내부 소행으로 인한 기밀 유출을 막기 위함이었다.

수십 개의 책장에는 여러 책자들이 가득 꽂혀 있었다.

적호가 빠르게 그곳을 훑었다.

아무래도 철혈구로의 자료라면 구석에 두었을 것이라 생각했다.

적호가 가장 깊숙한 곳에서부터 문서를 찾기 시작했다.

예상은 적중했다. 가장 안쪽에 철혈구로와 수라혈마단의 자료가 보관되어 있었다.

적호가 빠르게 그것을 뒤지기 시작했다.

그리고 한 권의 책자를 찾아냈다.

최근 몇 년간 철혈구로에 입로한 사람들의 신상이 적힌 책자였다.

그것을 꺼내는 순간, 적호의 눈빛이 날카로워졌다.

온몸으로 느껴지는 긴장감.

적호가 천천히 몸을 돌렸다.

가만히 그 빈 공간을 지켜보던 적호가 나직이 말했다.

"나와."

정적만이 흘렀다.

다음 순간.

쉬이이익!

벼락처럼 적호의 검이 내질러졌고, 검기가 날았다.

사가가가각!

책장이며 책이며 검기가 지나간 곳이 반듯하게 잘려 나갔다. 몇 권의 얇은 책들이 스르르 바닥으로 흘러내렸지만 책장은 쓰러지지 않았다.

"젠장! 진짜 죽을 뻔했네."

잘려진 책장 너머로 귀에 익은 목소리가 들려왔다.

저 멀리 끝 쪽 책장 뒤에서 나온 사람은 소붕이었다. 그는 마치 하마터면 목이 잘릴 뻔했다는 듯 목을 매만졌다.

"앗! 예비 수라혈마단주, 자네군. 여긴 웬일인가? 자네도 심부름 왔나?"

쉬이익!

다시 적호의 검에서 검기가 날았다.

소붕의 신형이 그 자리서 회전했다. 검기는 그를 스치며 지나갔다.

경고성 공격이었지만, 그렇다고 아무나 피할 수 있는 공격도 아니었다.

촤아아앙!

그가 서 있던 뒤쪽 벽에 긴 검기 자국이 남았다.

그 앞에서 소붕이 히죽 웃었다.

"역시 무리지? 그런 핑계로 모면하긴."

소붕의 기도는 정(精), 기(氣), 신(神), 그 무엇 하나 치우치지 않고 균형을 이루고 있었다. 절정고수만이 풍겨내는 안정감. 그 역시 자신처럼 진짜 실력을 숨기고 있었던 것이다.

그의 이런 변화가 조금도 놀랍지 않았다. 처음부터 그는 항상 신경을 거슬러 왔으니까. 이런 상황에서 누군가 나타난다면 그가 될 것이라 여겨왔으니까.

소붕이 천천히 다가왔다.

"동기끼리 얘기나 좀 나눌까?"

적호가 은밀히 내력을 끌어올렸다. 단칼에 놈을 벨 작정이었다.

순간 소붕이 발걸음을 멈췄다. 자신의 살의를 느낀 것이다. 놈은 자신이 생각한 것보다 훨씬 고수다.

그는 자신이 용하진이 아님을 이미 알고 있었다.

애초에 자신의 정체를 알고 접근했을지도 모르겠다는 생각이 들었다.

대체 누굴까?

상대의 정체가 궁금했다.

하지만 지금은 놈을 베어야 했다. 이후 일은 놈을 해치운 후에 생각할 문제였다. 시간을 끄는 것은 자신에게 절대 불리했다.

적호가 그를 향해 다가섰다.

"무섭게 왜 이러나?"

소붕이 뒷걸음질을 쳤다.

하지만 그는 여전히 웃고 있었다. 웃음 속에서 살기가 뿜어져 나왔다.

"사실은 하나도 안 무섭다네. 나도 좀 싸우거든."

소객

사사삭.

그가 책장 사이로 몸을 날렸다.

사사삭.

적호도 몸을 날렸다.

탁탁탁탁탁!

두 사람이 책장 사이로 내달렸다.

쉬이익!

소붕의 검에서 검기가 날아들었다. 책장과 책이 그대로 잘려 나갔다.

솨아아악.

적호가 바닥으로 미끄러졌다. 검기가 머리 위를 스치며 지나갔다. 뒤쪽 책장이 잘려 나가며 벽을 길게 그었다. 검기의 위력은 강력했다.

소붕이 쓰러진 책장을 박차며 돌진해 왔다.

순식간에 공간을 가로지른 그의 검이 적호의 심장으로 날아들었다.

창창창창창!

다섯 번째 격돌에서,

쨍강!

적호의 검이 부러졌다.

깜짝 놀란 적호가 뒤로 훌쩍 물러섰다.

소붕이 히죽 웃었다.

"놀랐지?"

그가 자신의 검을 들어 보였다. 그냥 봤을 땐 일반 검과 다르지 않아 보였는데, 방금 전의 격돌 이후 검은 완전히 달라져 있었다. 보는 것만으로도 마음이 서늘해지는 예기를 발하고 있었다.

"참혼(斬魂)이네. 천하십대보검까진 아니더라도 강호삼대기검(奇劍)에 속해 있지. 내력을 주입해야 본래의 예기를 드러내는 기특한 놈이지. 아끼고 아끼던 놈인데… 이번에 특별히 꺼내왔지."

적호가 반 토막 난 검을 쥔 채 뒤로 물러섰다.

소붕이 천천히 다가섰다.

두 사람은 서로의 눈만 쳐다보고 있었다.

부러진 검을 든 적호의 기세가 소붕에게 밀리고 있었다.

적호가 뒤쪽의 벽까지 몰렸다.

소붕이 자신만만하게 쇄도했다.

창창창!

세 번 연속 검이 부딪쳤고, 다음 순간 적호의 반 토막 난 검이 다시 부러졌다.

쨍강!

"이제 끝장이다!"

쉬이이익!

소붕의 검이 적호의 어깨를 내려쳤다.

바로 그 순간이었다.

적호의 몸이 기이하게 비틀렸다. 전혀 예상치 못한 보법이었다.

가가각!

검이 뒤쪽 벽을 긁으며 내려갔다.

부웅!

적호의 주먹이 소붕의 명치를 스쳤다.

"커헉!"

순간 소붕은 숨이 턱 막히는 충격을 받았다. 피하지 못했다면 즉사했을 충격이었다.

쉬잉!

소붕의 검이 꺾이며 적호의 허리를 베려고 날아들었다.

그보다 한발 앞서 적호의 팔이 그의 겨드랑이를 스쳤다. 수도로 자신의 어깨를 치려는 줄 알았는데 그게 아니었다. 적호가 자신의 품에 안겨들었다. 소붕이 당황했다. 한 번도 경험해 보지 못한 수법이었다.

"어억!"

소붕이 당황하던 그 순간.

탁, 소리와 함께 뒤꿈치에 가벼운 충격을 받았다.

휘리리릭.

소붕의 몸이 허공을 붕 돌았다.

'이게 뭐지?'

소붕은 지금의 현상을 이해할 수 없었다.

왜 자신의 몸이 허공에 떠 있는지, 왜 이렇게 가벼운 수에 당한 것인지. 반발도, 반격도 할 수 없었다. 상대는 자신이 진기의 움직임을 완벽하게 읽고 있었다. 자신의 진기의 흐름에 몸을 실어 공격을 하고 있었다.

지금 자신의 육체는 공격당하고 있다는 것을 깨닫지 못하고 있었다.

휘리리리릭!

적호가 땅을 박차며 몸을 휘돌아 날아올랐다.

파파파파팡!

소붕의 가슴으로 적호의 주먹이 날아들었다. 검보다 빨랐다. 적어도 소붕의 눈에는 그렇게 느껴졌다.

가슴에서 배, 옆구리에서 연속해서 묵직한 타격음이 터져나왔다.

"으아아아아아!"

소붕이 마지막 힘을 다해 몸을 뒤로 날렸다.

어느새 두 사람의 위치가 바뀌어 있었고, 자신이 벽에 부딪쳤다.

적호는 그림자처럼 달라붙어 있었다. 아니, 자신이 그의 그림자였다. 먼저 움직이는 쪽은 적호였으니.

꽈지직!

소붕의 명치끝에서 한 번 더 묵직한 타격음이 터져 나왔다.

소객 233

싸움의 끝을 알리는 소리였다.

스르륵.

소붕이 미끄러지듯 그대로 주저앉았다. 뒤쪽 벽이 움푹 파여 있었고, 그것을 중심으로 사방으로 거미줄처럼 금이 가 있었다.

"…뭐였지?"

"무영십삼수, 권격(拳擊)."

"…소문대로 대단하군."

적호의 표정이 굳어졌다. 과연 상대는 자신을 알고 있었다. 진짜 자신의 정체를.

"누구지, 넌?"

"…소객(笑客)."

적호의 눈빛이 차악 가라앉았다.

"사도십객!"

그는 바로 사도십객 중 소객이었다. 언제나 웃는 얼굴로 상대를 죽인다고 소객이라 불렸다.

"언젠가 이렇게 죽게 될 줄 알았지."

"어떻게 내 정체를 알았지?"

"…질문은 내 차례야."

소붕이 마지막 순간까지 웃으려 애썼다.

"…왜 철혈구로의 신변에 대해… 알려는 거지?"

"임무니까."

"그렇군."

"이제 내 말에 대답해. 내가 잠입한 것을 어떻게 알았지?"

주르륵.

소붕의 입에서 끊어진 내장이 섞인 검은 핏물이 흘러나왔다.

"……."

더 이상 소붕은 말을 하지 못했다. 그의 숨이 끊어진 것이다.

우드드드득.

그가 죽자 얼굴이 원래대로 돌아갔다. 사십대 중년의 얼굴이었다. 아마 그도 천변백면공처럼 극상승의 신체변형공을 익힌 것이 틀림없었다.

적호가 바닥에 떨어져 있던 책자를 찾아 들었다.

빠르게 책자를 넘기던 적호가 두 눈을 부릅떴다.

백소운, 칠조육로.

그녀였다. 백소운은 남자가 아니라 여인이었다.

충격을 받은 적호는 한참 동안 멍하게 서 있었다.

적호가 자신의 이름을 찾았다.

양현, 칠조칠로.

정확하게 적혀 있었다. 적호가 다시 용하진의 이름을 찾았다. 그 역시 정확하게 적혀 있었다. 그녀가 잘못 적혔을 확률은 없었다. 백소운은 그녀가 분명했다.

명령을 내릴 때 그라고 지칭했다. 여인이었다면 따로 말을 했을 것이다. 아마도 조직에서도 목표가 여인인 줄 몰랐던 모양이다.

"젠장! 어떻게 이런 일이!"

머릿속이 복잡했지만 고민을 할 때가 아니었다. 일단은 이곳을 나가야 했다.

적호가 문을 살짝 열었다. 입구 옆의 두 무인은 여전히 선 채로 잠들어 있었다.

적호는 모든 신경을 곤두세웠다. 주위에는 아무런 기척도 느껴지지 않았다.

소객을 지원하는 이는 주위에 없었다. 다행히 소객 혼자서 자신을 미행한 모양이다.

적호가 다시 문을 닫고 들어왔다. 부서진 책장이며 흩어진 자료들, 잘려 나간 벽, 어떻게 감출 수 있는 상황이 아니었다.

적호가 소객의 시체를 업고 밖으로 나왔다.

건물 뒤편의 담벼락 아래에 소객의 시체를 묻고 뒷정리를 세심하게 했다. 일부러 그곳을 파보지 않는 한, 감쪽같았다.

어차피 이곳 보관소에서 싸움이 벌어졌다는 것은 내일 아침이면 밝혀질 것이다.

상황이 어떻게 돌아가든, 소객이 이곳에서 죽었다는 사실은 일단 숨기는 게 이롭다고 판단했다.

적호는 소객이 쓰던 참혼검을 함께 묻지 않았다. 대신 그곳에 자신의 부러진 검을 함께 묻었다. 겉으로 봐선 둘 다 평범한 철검이어서 크게 문제될 것은 없었다.

적호가 검에 내력을 주입했다.

스스슷.

참혼이 차디찬 예기를 발했다. 낯선 느낌이지만 그 느낌이 나쁘지 않았다.

왠지 끌리는 검이었다. 내력을 주입하지 않았을 때, 평범한 철검으로 보인다는 점이 특히 마음에 들었다.

검을 허리에 차고 적호가 입구로 걸어갔다. 여전히 두 무인은 선 채로 잠이 들어 있었다.

적호가 그들의 혈도를 살짝 누른 후, 밖으로 걸어나갔다.

그리고 잠시 후, 두 무인이 동시에 잠에서 깨어났다.

그들이 하품을 했다. 잠깐 선 채로 졸았다고 생각했다. 대단히 고절한 수법이었다.

적호는 내당을 빠르게 빠져나갔다.

왜 이렇게 늦었냐면서 앞서 자신을 통과시켜 준 무인이 날카롭게 따져 물었다.

아버지와 비무를 했다고 대답했다. 오랜만에 흥취가 났나며.

용천세의 이름이 나오자 무인은 더 이상 추궁하지 못했다.

소객 237

어차피 이미 규칙을 어긴 후였다. 따져 봐야 자신만 손해였다.

적호가 내당을 완전히 빠져나왔다. 한적한 곳에서 원래 양현의 얼굴로 되돌렸다.

소객을 죽이는 그 순간, 적호에게 새로운 시간이 흐르기 시작했다.

사악련에서는 자신이 침입한 것을 알고 있었다.

소객이 죽은 것을 아는 것은 시간문제였다.

그들이 알아차리기 전에 임무를 마치고 빠져나가야 한다.

시간은 이제부터 적호의 적이었다.

적호는 곧바로 숙소로 돌아왔다.

곧바로 칠조육로부터 찾았다. 숙소에 그녀는 없었다.

"육로 선배님 어디 가셨습니까?"

적호의 물음에 칠조구로가 대답했다.

"아까 외출했다."

"혹시 어디로 갔는지 모르십니까?"

"한잔한다던데. 이화객점으로 가봐. 거길 잘 가니까."

"감사합니다."

적호가 밖으로 나가려는데 칠조구로가 말했다.

"충고 하나 할까?"

"네?"

"그녀와 너무 가까워지지 마라."

그 말뿐이었지만 적호는 직감적으로 느꼈다. 그 경고가 철혈대로와 관련이 있을 것 같다고.

"알겠습니다."

적호가 꾸벅 인사를 한 후 철혈구성을 나섰다.

적호는 곧바로 이화객점으로 향했다.

과연 그녀는 그곳에서 술을 마시고 있었다.

"어? 어떻게 알고 왔어?"

그녀는 자신의 운명을 알고나 있는 것일까?

적호가 그녀 앞에 앉았다. 지금 그녀를 제거하고 이대로 떠나면 일단 임무는 완수된다.

철혈대로의 암살은 상부에 실패로 보고될 것이다. 어차피 사악련에서 사도십객을 투입했으니, 암살 실패에 대한 확실한 명분이 생긴 셈이다.

이제 그녀를 죽이고 이곳을 빠져나가면 된다.

함께 돌아가는 길에 죽일 수도 있고, 이곳 객점에서 죽일 수도 있다. 검을 쓸 필요도 없다. 소리없이 사혈을 누르고 그녀를 탁자 위에 엎드려 둔 채 떠나면 된다.

하지만 내키지 않았다. 여자를 죽인 적도 있었다. 하지만 그 대부분은 사갈처럼 잔혹한 악녀들이었다. 사내의 내공을 빨아먹는 마녀들이었다.

그녀가 죽어야 할 사람인지 확신이 서지 않았다. 왜 조직에서는 그녀를 죽이려 하는 것일까?

사내였다면 이렇게 망설이지 않았을 것이다. 상대가 아름다운 여인이라서? 자신에게 잘해준 여인이라서? 그래, 다 웃긴 이유다. 지금까지 그래 왔듯이 명령을 거역할 순 없었다. 그녀를 죽이고 떠나는 것이다.

"어머니는 평생 아버지에 대해 한마디도 하지 않으셨어, 어떤 분이신지. 어떤 분이셨을까?"

"좋은 분이셨을 겁니다."

적호는 건성으로 대답했다. 어차피 죽일 것이라면 그녀의 이야기를 듣고 싶지 않았다.

마음을 굳힌 적호가 자리에서 일어났다.

"잠깐 뒷간 좀 다녀오겠습니다."

"그런 말은 안 해도 된다고!"

적호가 그녀 옆으로 걸어갔다.

무영십삼수로 그녀의 목 뒤의 사혈을 누를 생각이었다. 그녀는 비명도 지르지 못하고 절명하게 될 것이다.

적호의 손이 꿈틀하던 그 순간, 적호의 몸이 굳은 듯 멈췄다.

"응? 왜?"

육로가 자신의 옆에 멈춰 선 적호를 이상하다는 듯 올려다 보았다.

"아닙니다."

그녀가 적호가 바라보는 곳을 돌아봤다. 뒤채로 향하는 그곳에는 아무도 없었다.
"다녀오겠습니다."
적호가 천천히 걸어갔다.
뒤채로 나왔을 때 한 여인이 등을 돌린 채 서 있었다.
방금 전 그 복도에서 자신을 쳐다보고 있던 그녀였다.
그리고 그녀는 적호도 아는 여인이었다.

적호와 여인이 객점에서 조금 떨어진 숲에서 마주 섰다.
그녀는 바로 삼공녀 주화인이었다.
지금 그녀는 본래의 얼굴과 목소리를 감춘 채 추월루의 가화의 얼굴을 하고 있었다.
너무 놀란 적호는 오히려 차분해져 있었다.
"당신이 어떻게?"
육로를 죽이려던 그때 뒤채로 향하던 복도에 그녀가 서 있었던 것이다. 그녀를 이곳에서 만날 줄은 정말 꿈에도 몰랐다. 사악련의 영역에 그녀가 왜 와 있는 것일까?
그리고 그 의문은 정말 사소한 것에 불과하다고, 그녀의 복잡한 눈빛이 말하고 있었다.
"잘 지냈어?"
"당신이 왜 여기에 있지?"
"보고 싶어서 왔지. 부탁도 있고."
적호는 아주 잠깐이나마 정말 우연히 그녀와 마주친 것이면 좋겠다고 생각했다. 그녀는 자신의 고단한 삶의 유일한 휴식이었으니까. 하지만 그럴 리는 없었다.

적호의 인상이 굳어졌다.

"무슨 부탁?"

애써 태연한 척했지만 적호는 긴장하고 있었다. 목소리가 떨렸다.

주화인이 담담히 말했다.

"그 아이를 죽여선 안 돼."

쿵―!

적호의 심장이 내려앉았다.

주화인이 다시 말했다.

"그 아이를 죽여선 안 돼, 적호."

임무도, 자신의 정체도 정확히 알고 있었다. 적호가 눈을 질끈 감았다 떴다.

"당신, 누구지?"

"추월루의 주인, 당신이 사랑하는 사람, 당신을 사랑하는……"

적호가 버럭 소리쳤다.

"제대로 말해!"

적호의 눈빛에서 강렬한 살기가 흘러나왔다.

주화인이 나직이 말했다.

"네게 명령을 내리고 돈을 주는 사람이 있지. 그 사람의 자리에 앉고 싶은 여인이 내 주인이야."

 잠시 멍하게 서 있던 적호가 깜짝 놀라 뒤로 한 발짝 물러섰다.

 "삼공녀!"
 "그래, 난 삼공녀를 모시고 있어."

 주화인은 자신이 삼공녀란 것을 밝히지 않았다. 모습도, 목소리도 달랐다. 자신이 말하지 않는 한 영원히 그는 알지 못할 것이다.

 적호는 아무 말이 없었다. 혼란스러웠다, 이 상황을 어떻게 받아들여야 할지.

 "당신이 받은 명령은 대사형이 내린 명령이야. 그가 죽이라고 한 사람은 바로 그의 혈육이지."

 "뭐?"

 "세상에 알려져서는 안 될 아이지. 그 아이의 존재가 밝혀지면 대공자는 후계 다툼에서 밀려날 거야."

 그제야 왜 백소운을 죽이려 했는지 이해가 갔다. 왜 철혈대로보다 더 중요한 암살 대상이 되었는지.

 적호의 눈빛이 차분하게 가라앉았다.

 그녀에게 화를 내는 것은 바보짓이다. 이럴수록 정신을 똑바로 차려야 한다.

 "왜 내게 다 말해 주는 거지?"
 "지난날의 정이랄까?"

속내를 알 수 없는 그녀의 투명한 눈동자를 말없이 응시하던 적호가 단호히 말했다.

"거절하겠어. 내 정체를 알고 있으니 그것도 알겠군. 우린 명령으로만 움직인다는 것을. 정식으로 명령서를 가져와. 그럼 들어주지."

미련없이 돌아서는 적호의 등을 보며 주화인이 말했다.

"우린 그 명령서보다 더 강력한 것을 가지고 있어."

적호가 흠칫 놀랐다.

"우린 알고 있어."

적호는 불안했다. 나와서는 안 될 말이 나올 것만 같았다. 그 불길한 예감은 정확하게 적중했다.

"…당신 딸의 존재."

쉬이이잉!

적호의 검이 뽑혔다.

돌아서는 순간 그녀에게 쇄도했고, 누군가 기다렸다는 듯 그녀 앞을 막았다. 호위인 이단심이었다.

창!

까앙!

단 일 수에 이단심의 검이 부러졌다. 적호의 내력이 폭발할 듯 쏟아진 참혼검의 위력이었다.

그녀가 휘청거리는 순간.

퍽!

적호가 어깨로 그녀를 튕겨냈다. 내부가 진탕하며 그녀가 뒤로 튕겨났다. 그녀가 간신히 균형을 잡았을 때 이미 적호는 주화인을 덮치고 있었다.

"안 돼!"

이단심이 달려들었다.

적호가 주화인의 목을 움켜쥐었다.

주화인은 반항하지 않았다. 적호가 한 손으론 목을 움켜쥐고 다른 한 손으론 이단심에게 검을 겨눴다. 다가오지 말라는 경고였다.

"방금 뭐라고 했지?"

적호의 눈빛이 이글이글 타오르고 있었다.

이단심이 다급하게 소리쳤다.

"그 손 놔!"

징—

참혼이 울었다.

한마디만 더 하면 죽여 버린다는 경고였다.

그에 비해 주화인은 침착했다. 가만히 손을 들어 이단심에게 그대로 있으라고 명령했다.

"이거 놓고 얘기해."

제어할 수 없을 정도로 분노했지만, 적호는 안다.

이렇게 해결할 일이 아니란 것을.

어마어마하게 쏟아져 나오던 적호의 살기가 천천히 누그러들었다.

적호가 천천히 손을 풀었다.

적호의 손이 덜덜 떨리고 있었다.

이단심은 한편으론 안도했고, 한편으론 가슴이 철렁했다. 저렇게 흥분한 상태였는데도, 단 일 수에 그에게 밀린 것이다.

자신을 죽이려고 했으면 죽었을 것이란 생각이 들었다.

그녀는 적호보다 자신이 더 강하다고 믿고 있었다. 하지만 아니었다. 적호는 자신이 생각했던 것보다 훨씬 더 강했다.

주화인의 새하얀 목에 적호의 손자국이 시뻘겋게 나 있었다.

주화인이 담담한 표정으로 다시 말했다.

"당신 딸에 대해 알고 있어."

"다시 말해봐."

"당신 딸에 대해서 알고 있다고."

"다시!"

"우린 다 알고 있어."

검을 쥔 적호의 손이 파르르 떨렸다. 금방이라도 주화인을 베어버릴까 봐 이단심은 마음을 졸였다.

적호가 버럭 소리쳤다.

"내 딸을 건드리면 다 죽여 버린다!"

다시 적호에게서 살기가 뿜어져 나왔다. 심장이 얼어붙어 숨조차 쉬기 힘든 그런 차가운 살기였다.

"맹세컨대! 상상도 할 수 없이 잔혹하게 죽일 거야!"

적호의 진심이었다.

그럼에도 주화인은 겁을 먹지 않았다.

"안 건드려. 부탁만 들어주면……."

협박과 협박이, 진심과 진심이 부딪치고 있었지만, 더 강한 쪽은 주화인이었다.

"내게 접근한 것도 의도적이었나?"

주화인이 고개를 내저었다.

"아니란 것 잘 알잖아. 내 앞에 나타난 것은 너였어, 피투성이가 된 채."

"정말 우연이었나?"

"하늘에 맹세코."

자신과의 만남이 우연이었다는 그녀의 말은 사실이었다.

이 년 전 이곳을 탈출한 순간부터 그녀를 만나기까지의 모든 과정은 순전히 자신의 선택이었으니까.

그 숨 막히는 추격전 속에서 누군가 그 만남을 조종했다는 것은 있을 수 없는 일이었다.

지난 이 년간 그녀를 만나면서 왜 한 번도 그녀가 전혀 다른 신분일지도 모른다는 생각을 하지 않았을까? 어쩌면 그러지 않기를 무의식석으로 바랐는지 모른다.

그녀와 만나는 것이 좋았으니까. 적어도 그 관계만큼은 그냥 그대로, 복잡하지 않게, 계속되기를 바라는 마음이었다. 그

너는 안식처가 되어주었으니까.

　적호는 점차 침착함을 되찾고 있었다. 늪에 빠졌을 때 발버둥을 치면 더욱 깊숙이 빠져든다는 것을 누구보다 잘 아는 그였으니까. 적호가 천천히 심호흡을 했다.

　"자신의 명령을 어긴 것을 알면 대공자가 날 살려두지 않을 텐데?"

　"적어도 당신 딸은 무사하겠지."

　적호의 눈빛이 강렬하게 빛났다.

　그녀가 담담히 말했다.

　"권력을 쫓는 우린 불나방 같은 존재야. 불에 타 죽는다는 것을 알면서도 몸을 던지지. 내 말을 들어주지 않으면 당신 딸을 죽일 거야. 당신이 복수할 것을 알아도, 그래서 당신 손에 죽게 될 수 있다는 것을 알아도… 그래도 우린 일을 저지르고 말 거야. 그게 우리 본성이니까."

　적호의 주먹 쥔 손에서 으드득 뼈 소리가 났다.

　주화인이 간곡한 어조로 말했다.

　"그러니까 우리 눈앞에서 불을 치워줘. 뛰어들지 않게 해줘. 그냥 우리 부탁을 들어줘."

　적호는 말없이 듣고만 있었다.

　"휘각에는 그를 죽였다고 보고하면 돼. 그리고 그 아이는 우리에게 데려와. 당신과 당신 딸은 우리가 지켜줄게. 약속해."

　적호는 이제 완전히 평온한 상태였다.

주화인은 느꼈다. 지금 자신은 적호란 사내가 보여줄 수 있는 분노의 끝을 보고 있다고.

"대가는 충분히 치르겠어."

적호가 고개를 스윽 들었다.

그는 웃고 있었다. 색깔로 따지자면 새하얀 웃음이었다. 아무 감정이 깃들지 않은 것 같은, 그래서 그녀가 지금까지 봐온 웃음 중에서 가장 무섭고 두려운 웃음이었다.

"부탁, 들어주지. 그리고 대가는 필요없어. 그냥……."

적호가 천천히 돌아섰다.

"이별 선물이라 해두지."

적호가 어둠 속으로 걸어갔다.

그가 사라지자 이단심이 빠르게 그녀에게 달려갔다.

"괜찮으십니까?"

"응. 괜찮아."

"죄송합니다."

"그런 소린 안 해도 돼. 역시 저 사람, 강하긴 정말 강하구나. 네가 한 수에 밀리다니."

이단심은 아무 변명도 하지 못했다. 분명 방심했다. 하지만 방심하지 않았다 하더라도 결과는 바뀌지 않았을 것이다.

"왜 그러셨습니까?"

"응?"

"그를 사랑한다고 하시지 않았습니까?"

"맞아, 사랑해. 지금도 여전히."

너무 대수롭지 않게 대답해 장난치는 게 아닌가 싶을 정도였다.

"그런데 왜 그러셨습니까?"

"중요한 일이잖아. 이 일을 저 사람보다 더 잘해낼 수 있는 사람 있어?"

"그 말씀이 아니라……."

"왜 그가 날 미워하게 만들었냐고? 증오하게 만들었냐고?"

"네."

단지 추월루의 여인으로 변신해 있어서가 아니었다. 지난 이 년간 가화의 모습으로 그 앞에 섰지만, 언제나 그를 사랑한 것은 주화인 자신이었다. 지금도 주화인 자신으로 그를 밀어냈다.

"내가 그를 사랑할 자격이 있다고 생각해?"

예상치 못한 대답에 이단심이 깜짝 놀랐다.

"사형과 나는 오직 한길을 걸어가고 있지."

그녀가 허공에 손을 내밀었다. 그녀의 가늘고 긴 손가락이 빈 공간에서 무엇인가를 찾으려 애썼다. 쥐었다 풀기를 반복했다. 잡히지 않는 그 무엇인가를 끝까지 잡으려는 듯.

"사형과 난 끝장을 보기 위해 무슨 짓이라도 할 거야. 난 사형을 이해해. 사형을 이해한다는 말이 무슨 말인지 알아? 우리가 같은 족속이란 말이지. 세상 사람들이 모두 사형을 욕해도 나만은 그러지 못해. 나 역시 같은 선택을 했을 테니까."
　주화인이 서글프게 웃었다.
　"우리가 세상을 얻기 위해 자식을 죽일 때… 그는 자식을 위해 세상과 싸우고 있어. 웃기지?"
　"…아가씨."
　그녀는 이별을 통해 사랑의 깊이를 확인하고 있었다.
　주화인이 밤하늘을 올려다보았다.
　"그리고… 우리같이 독한 사람들이……."
　별빛을 담은 그녀의 두 눈에 눈물이 고였다.
　"서로 사랑하면… 너무 절절해지잖아."

第十九章
철혈대로

절대
강호

적호가 외진 골목에 기대서 있었다.

담 그림자에 몸을 숨긴 적호의 눈빛은 진지했고, 침울했다.

이화객점으로 돌아갔을 때 육로는 이미 숙소로 돌아가고 난 후였다.

이제 상황이 바뀌었다.

그녀를 죽이는 것이 아니라, 데리고 탈출해야 하는 것이다.

적호가 고개를 들어 밤하늘을 올려다보았다.

딸아이의 얼굴이 떠올랐다. 아이가 환하게 웃었다. 적호의 입가에 절로 미소가 지어졌다.

보고 싶었다. 너무 보고 싶어 눈이 아프고, 팔이 아프고, 다리가 아프다. 가슴이 아프다. 숨이 터지도록 달려가고 싶을 때가 있다. 하지만 참았다. 만분의 일이라도 위험에 빠뜨릴 가능성을 없애려고. …그랬는데, 그렇게 참으면서 해온 일이었는데.

적호는 이를 악물었다.

일단 이번 임무는 마쳐야 한다. 이후 일은 마치고 나서 생각해야 했다.

이제 임무는 더욱더 어려워졌다.

그녀를 설득할 수 있을까?

아버지가 자신을 죽이려 한다고, 그래서 아버지를 죽이려는 쪽에서 자신을 필요로 한다는 사실을 그녀는 어떻게 받아들일까? 그녀는 절대 받아들이지 않을 것이다.

방법은 두 가지였다.

그녀를 속여서 데려가거나 제압해서 끌고 가거나.

그리고 그 불가능해 보이는 임무 이전에 결정해야 할 일이 하나 더 있었다.

길 건너 고서점을 바라보는 적호의 눈빛이 깊어졌다.

바로 연이었다.

연의 눈을 피해 이번 일을 진행할 수는 없다.

그리고 그녀와 관계된 문제의 핵심은 이것이었다.

과연 그녀를 믿을 수 있느냐?

그녀를 완전히 믿지는 않는다. 그녀를 믿지 않으려 노력한 지난 이 년이었다. 그럼에도 그녀는 언제나 자신에게 믿음을 줬다. 이런 고민에 빠지게 할 만큼.

한참을 고민하던 적호가 마음의 결정을 내렸다.

적호가 길 건너 고서점으로 들어섰다.

연은 그곳에 있었다.

갑작스런 적호의 방문에 연이 깜짝 놀랐다.

"무슨 일이죠?"

적호가 소객에 대해 이야기를 전했다.

"사도십객이라고요? 게다가 그가 적호님의 정체를 알고 있었다고요?"

연은 사색이 되었다. 심각한 일이었다. 작전 자체가 사전에 누설된 것이다.

"당장 작전을 취소하고 돌아가야 합니다."

연은 그조차도 쉽지 않을 것이라 생각했다. 이미 외곽에서부터 천라지망을 펼쳐 두었을지 모를 일이었다.

적호는 아무 반응도 보이지 않았다.

"적호님?"

평소와는 다른 분위기에 연이 긴장했다.

"제게 하고 싶은 말씀이 있으시군요."

적호가 망설이던 말을 꺼냈다.

"먼저 돌아가."

"네?"

"난 따로 해야 할 일이 남았어."

연의 목소리가 차분해졌다. 사도십객이 끼어든 것보다 더 큰일이 벌어졌음을 직감한 것이다.

"무슨 일이죠?"

"……."

"전 알아야 해요. 아시잖아요?"

"알아. 하지만 말해줄 수 없어."

"왜죠?"

"위험에 휘말리게 될 테니까."

연이 소리쳤다.

"전 이미 충분히 위험해졌어요! 적호님이 저 방문을 열고 들어와 말도 안 되는 소릴 꺼낼 때부터요!"

두 사람의 시선이 허공에서 얽혔다.

"정말 말씀 안 해주실 건가요?"

연이 화난 표정으로 말했다.

"알겠습니다. 명령대로 하죠. 대신 지금 상황을 그대로 보고하겠습니다."

"그러도록."

연이 문을 꽝 닫으며 밖으로 나갔다.

적호가 가볍게 한숨을 내쉬었다.

사실 그녀가 절실히 필요했다. 그녀의 도움 없이 이번 임무를 마칠 자신이 없었다. 하지만 그녀를 이번 일에 끌어들이고 싶지 않았다.

그녀의 보고가 어떤 결과를 낳게 될지 알 수 없었다. 좋은 결과는 아닐 것이다. 하지만 그건 자신이 감수해 내야 할 일이었다.

힘들겠지만 혼자 힘으로 백소운을 데리고 이곳을 탈출할 것이다.

문을 열고 나가려던 적호가 흠칫 멈춰 섰다.

연이 문 앞에 서 있었다.

그녀는 이대로 떠날 수 없었다. 적호에 대한 감정은 한마디로 설명할 수 있는 것이 아니었다.

연은 적호를 좋아했다. 생명의 은인이라서가 아니었다. 사내인 적호를 좋아했다. 하지만 그것만은 아니었다. 그를 무인으로 존경했고, 위험한 임무를 함께해 온 의리도 있었다.

갔어야 했다. 하지만 발걸음이 떨어지지 않았다.

'이러다 죽고 말지.'

그런 마음조차 그녀를 떠나보내지 못했다.

이미 각오를 한 그녀에게 적호가 물었다.

"정말 감당할 수 있겠어?"

"어쩌면요."

"들어와."

두 사람이 마주 앉았다.

적호가 그녀에게 백소운과 관련된 추가 임무에 대해 말해주었다.

"백소운이란 자를 죽이는 것이 진짜 임무라고요?"

"그래. 그리고 그가 누군지 알아냈어."

"아!"

"목표는 칠조육로, 그녀는 여인이야."

연은 문서 보관소의 위치를 알아봐 달란 것이 이 때문이란 것을 알아차렸다.

"사도십객이 알아차렸다면, 오늘 밤 내로 그녀를 죽여야 해요."

시간이 많지 않았다.

"우린 그녀를 죽이지 않고 데려가야 해."

"네?"

연이 깜짝 놀랐다. 이윽고 그녀가 고개를 끄덕였다. 왜 자신에게 먼저 돌아가라고 했는지 알 것 같았다.

그는 지금 명령 불복을 하려는 것이다. 그것도 비선에게까지 비밀인 특별 명령을.

"왜죠?"

연의 목소리가 떨렸다.

적호가 잠시 망설였다.

"이 이야기까지 들으면 돌이킬 수 없어."

연이 나직이 말했다.

"이미 돌아갈 다리는 끊어졌어요."

적호는 그녀의 눈빛에서 진심을 읽었다.

"그녀를 죽이라는 명령을 내린 사람은 대공자야. 그리고 삼공녀가 그녀를 살려 데려오라는 새로운 명령을 내렸지."

"아!"

어떤 상황인지 한 번에 이해가 갔다.

"그런데 왜 삼공녀의 명령을 들으시려는 거죠?"

적호는 아무 대답도 하지 않았다.

"죄송하지만 그것만은 제가 반드시 들어야 할 부분이에요. 제가 목숨을 걸어야 할 이유니까요."

적호가 나직이 말했다.

"…내게 딸이 있어."

"……!"

그 한마디로 충분했다.

왜 그가 명령을 어겨야 하는지, 왜 그가 지금까지 그렇게 악착같이 살아왔는지, 가끔씩 느껴지던 그의 그리움이 어디를 향해 있었는지, 그가 얼마나 힘들게 이 이야기를 하는지, 자신을 얼마만큼 믿어야만 이 이야기를 꺼낼 수 있는지.

연은 한동안 말이 없었다. 그냥 그렇게 탁자 모서리를 멍하게 쳐다보았다.

적호는 말없이 그녀의 다음 말을 기다렸다.

이윽고 마음을 굳힌 연이 말 대신 행동을 보였다.

스르륵.

연이 자신의 복면을 내렸다.

적호는 깜짝 놀랐다. 처음 보는 그녀의 얼굴이었다.

언제나 강인한 의지가 깃들어 있던 그녀의 맑은 눈빛에 너무나 잘 어울리는 아름다운 얼굴이었다.

그녀가 진심을 담아 말했다.

"그 아인… 이제부터 제 조카예요."

*   *   *

이각 후, 적호가 숙소로 들어섰다.

련에 들어오면서부터 촉각을 곤두세웠지만 별다른 이상한 점은 찾아볼 수 없었다.

자정이 되면 소봉이 없어졌다는 사실이 알려질 것이다.

그전에 그녀를 데리고 이곳을 빠져나가야 했다.

그들은 자신이 침입했다는 것을 알면서도 그냥 두었다. 분명 자신이 잠입한 목적을 알아내려 한 것이다. 아직까지 다행스런 점은 적어도 자신을 죽이는 데 일차적인 목적을 두지 않고 있다는 것이다.

"뒷간에 간다더니?"

육로가 물었다.

"잠시 어딜 다녀왔습니다."

"어디?"

"그냥 잠시……."

"오입질했냐?"

"아닙니다."

그녀의 노골적인 물음에 적호가 당황했다. 주위에 다른 무인들이 낄낄 웃었다. 그녀는 둘이 있을 때와는 다른 모습이었다. 주위 시선을 의식한 행동이었다.

그녀를 이해했다. 남자들이 득실대는 이곳에서 살아남으려면 아무래도 또 다른 가면을 써야 할 것이다.

적호가 자신의 자리에 앉았다. 이미 늦은 시간이었기에 허가없이 외출을 할 수는 없었다. 들어올 순 있어도 나갈 순 없는 것이다.

밖에서 연이 하나의 일을 꾸미고 있었다. 통할지 안 통할지는 알 수 없었다. 통하지 않는다면 새로운 작전을 세워야 했다. 최악의 순간에는 숙소의 칠조를 모두 해치운 후 육로를 제압해서 업고, 그대로 정문을 뚫고 돌파해 나가야 했다. 초조한 시간이 흘러갔다.

뭐가 그리 재미난지 동료들과 이야기를 나누며 육로가 웃음을 터뜨렸다.

적호는 벽에 기댄 채 밍하게 그 모습을 지켜보았다.

그들의 모습 위로 그날의 일이 겹치며 떠올랐다.

"우와아아!"
내가 환호성을 질렀다.
사부님도, 아낙도 박수를 치며 좋아했다.
서현이가 걷고 있었다.
아장아장.
첫걸음마였다.
두세 걸음 걷던 서현이가 앞으로 넘어졌다.
"조심해!"
내가 몸을 날려 서현이를 받아 안았다.
"잘했다, 잘했어!"

돌이 지나 몇 개월이 지나도록 서현이는 걸음마를 하지 못했다. 여자애들은 걸음마가 느릴 수 있다는 아낙들의 말을 위안 삼았지만, 그래도 은근히 걱정되는 것은 어쩔 수 없었다.

그러던 것이 며칠 전부터 슬슬 기미가 보이더니, 오늘 드디어 첫걸음마에 성공한 것이다. 초상비를 해내던 그날보다 더 기뻤다.

서현이가 까르르 웃었다.
"이도 네 개밖에 안 난 요 귀여운 녀석이."
아낙이 웃으며 말했다.
"호호, 이제부터 힘드실 거예요. 한시도 가만히 있지 않고 뛰어다닐 테니까요. 가만히 포대기에 싸여 누워 있을 때가 좋았구나! 싶으실 거예요."

"하하하! 아뇨, 전 어서어서 자랐으면 좋겠습니다. 어서 뛰고 어서 말하고!"

사부님께서 껄껄 웃으셨다.

"무공도 가르치자꾸나."

"당연하죠! 이 흉악한 세상! 제 한 몸 지킬 수 있게는 해줘야죠!"

"하하하! 느려터진 네놈보단 백배는 더 빨리 배울 것이다!"

그때였다.

품에 안겨 있던 서현이가 갑자기 축 늘어졌다.

"서현아—!"

"모두 주목!"

숙소로 들어선 칠조일로의 외침에 적호가 현실로 돌아왔다.

"임무다."

풀어져 있던 이들이 자세를 바로잡았다.

"지금 당장 출발한다!"

모두들 빠르게 옷을 갈아입고 무기를 챙겼다.

"무슨 임무입니까?"

"그때 놓친 애새끼들을 찾아냈다."

그 말을 듣는 순간 육로의 표정이 굳었다. 그녀는 그 속내를 들키지 않으려고 고개를 숙였다.

일로의 목소리가 고조되어 있었다. 삼로와 사로의 복수 때문에라도 아이들은 처참하게 죽게 될 것이다.

그에 반해 적호의 입가에 지그시 미소가 지어졌다.

이 정보는 연이 흘려 넣은 가짜 정보였다. 칠조를 밖으로 빼낼 의도였다. 임무가 내려지면 분명 칠조에게 내려질 것이란 예상이었다.

과연 홍가장의 임무는 칠조에게 내려졌다. 외부에서 칠조를 해치우고 육로를 데리고 그대로 탈출할 계획이었다. 그녀가 설득에 넘어가지 않으면 강제로 데려갈 작정이었다.

일다경 후, 칠조가 사악련 본단을 출발했다.

일곱 기의 말이 속도를 올리기 시작했을 그때, 누군가 뒤에서 빠르게 달려왔다.

"멈추게."

그는 일조삼로였다.

칠조일로가 긴장한 표정으로 물었다.

"무슨 일입니까?"

그는 혹시나 명령이 취소된 것이 아닐까 걱정했다.

이번 임무가 그에게는 매우 중요했다. 명예와 자존심의 회복과 더불어 앞날의 출세도 걸려 있다.

다행히 명령이 취소된 것은 아니었다.

"칠조육로."

일조삼로가 그녀를 찾았다.

"네."

"대로님께서 찾으신다. 자넨 날 따라오도록."

"알겠습니다."

조금 긴장한 표정으로 그녀가 말 머리를 돌렸다.

두 사람이 돌아가자 칠조일로가 소리쳤다.

"우린 출발한다!"

두두두두두!

여섯 기의 말이 어둠을 내달렸다. 맨 뒤를 따르던 적호가 힐끗 돌아보았다.

저 멀리 그녀가 일조삼로와 함께 다시 련으로 들어가고 있었다.

빌어먹을! 적호가 이를 악물었다.

　　　　＊　　　＊　　　＊

두두두두!

적호는 빨리 결정을 내려야 했다. 련에서 멀어지면 멀어질수록 돌아가는 시간이 걸렸다.

기습을 한다면 모두 다 해치울 자신은 있었다. 히지민 문제는 돌아가서였다.

특히 밤이 되었을 때는 사악련의 경계가 낮과는 비교할 수도 없을 정도로 엄중해진다. 뚫고 갈 수는 있을지언정 몰래 잠입하는 것은 거의 불가능했다.

그렇다고 기습을 당했는데 신입 혼자서 살아서 돌아왔다면 당연히 의심부터 할 것이다.

어떻게든 누군가와 함께 돌아가야 했다.

적호의 고민은 길지 않았다. 그가 세 자루의 비수를 뽑아 들었다.

말과 호흡을 같이하며 적호가 숨을 골랐다.

그리고 다음 순간!

쉭쉭쉭!

적호의 손에서 비수가 날았다.

"큭!"

두 자루는 빗나갔고 한 자루가 팔로의 등에 박혔다. 빗나간 비수는 바닥에 박혔다. 빗나간 비수까지 모두 계산된 수였다.

적호가 말에서 뛰어내리며 소리쳤다.

"기습입니다!"

그리고는 몸을 날려 길옆 숲으로 숨어들었다.

일로를 비롯한 네 사람이 동시에 말에서 뛰어내려 숲으로 날아들었다.

잠시 정적이 흘렀다.

길바닥에 쓰러진 팔로가 신음을 내뱉으며 꿈틀거렸다. 적호는 일부러 급소를 피해 던졌다. 목적은 그를 죽이는 것이 아니라 부상을 입히는 것이었다.

모두들 일로를 중심으로 모여들었다.

"암기가 어디서 날아왔지?"

적호가 어둠 속을 가리키며 속삭였다.

"저쪽입니다!"

자신들이 있는 쪽은 달빛에 사방이 환하게 보였지만, 적호가 가리킨 쪽은 짙은 나무 그늘에 어둠만이 깔려 있었다.

잠시 어둠 속을 노려보던 일로가 적호를 보며 물었다.

"너, 비수 가지고 있지?"

"네."

그가 손을 내밀어 달라는 시늉을 했다.

적호가 손목을 걷었다. 철혈구로에서 제공한 비수가 일렬로 꽂혀 있었다. 한 자루도 빠짐없이 다 꽂혀 있었다.

그중 몇 자루를 꺼내 일로에게 건넸다.

아주 잠깐 일로는 적호를 의심했다. 비수가 뒤에서 날아들었는데, 가장 뒤에서 달리던 적호가 무사한 것이 수상했던 것이다.

혹시나 하는 마음에 적호의 비수를 확인한 것이다. 하지만 적호가 날린 비수는 팔목의 비수가 아니었다. 가슴 보호대에 꽂혀 있는 자신이 가져온 비수였다.

그럼에도 일로의 의심는 완전히 사라지지 않았다. 다른 비수를 사용했을 수 있다고 생각했기 때문이다.

그때였다.

쉭! 쉭! 쉭!

어둠을 가르며 세 자루의 비수가 날아들었다.

땅! 따앙! 땅!

일로와 이로가 검을 휘둘러 날아든 비수를 쳐냈다.

"저쪽입니다!"

앞서 적호가 말했던 그곳이었다. 그쪽으로 튀어나가려는 이로를 일로가 제지했다.

"멈춰. 우릴 끌어들이려는 수작이다."

비수가 날아든 숲 속에서는 인기척을 느낄 수 없었다. 생각 밖의 고수가 숨어 있을 수도 있었다.

방금 비수를 던진 사람은 연이었다. 적호가 자신이 의심받을 것을 알면서도 기습을 감행한 것도 연을 믿어서였다. 연이 이렇게 보조를 해주리라는 믿음 때문에.

그때 길가에 쓰러져 있던 팔로가 끙 하며 다시 앓는 소리를 냈다.

"팔로를 인질로 우릴 끌어들여 죽이려는 수작이다."

일로의 말에 이로가 다급히 말했다.

"저대로 두면 출혈이 심해 죽을 겁니다."

"놈부터 먼저 없애야 해!"

그때 적호가 미처 말릴 사이도 없이 몸을 날렸다.

"제가 선배님을 구하겠습니다."

"안 돼!"

일로가 소리쳤지만 이미 적호는 길가에 쓰러진 팔로에게 몸을 던지고 있었다.

쉭쉭쉭쉭쉭!

적호에게 다섯 자루의 비수가 동시에 날아들었다.

적호가 몸을 돌려 검을 휘둘렀다.

땅땅당!

세 자루의 비수를 튕겨냈지만 그중 한 자루가 어깨를 스쳤다. 다른 한 자루는 빗나갔다.

피잇!

어깨에서 피가 튀었다. 일부러 맞아준 비수였다. 칠로의 실력으론 그 많은 비수를 모두 튕겨낼 수 없었으니까.

적호가 쓰러진 팔로를 보호하듯 그 위로 몸을 던졌다.

쉭쉭쉭쉭쉭쉭!

일로를 비롯한 칠조원들의 손에서 비수가 날았다.

어둠 속에서 날아들던 공격이 멈췄다.

그사이 적호가 팔로를 데리고 그들이 있는 곳으로 돌아왔다.

"멍청한 놈! 뒈지고 싶으냐?"

명령을 어겼다며 일로가 인상을 썼지만 적호에 대한 의심은 완전히 사라진 후였다.

적호가 빠르게 팔로의 옷을 벗겼다. 그리고 등에 금창약을 바르기 시작했다.

"다행히 목숨은 건졌지만, 상처가 너무 깊습니다. 곧장 돌아가서 치료를 받아야 할 것 같습니다."

적호가 그의 수혈을 눌렀다. 잠이 든 팔로는 금방이라도 숨이 넘어갈 듯 숨소리가 미약했다.

일로가 한숨을 내쉬었다. 일전의 작전으로 두 명이 죽었다. 그런데 이번에 또다시 희생자가 나온다면 자신의 앞날에는 먹구름만이 가득 낄 것이다.

원래라면 돌아가야 했다. 작전이 누설되었고, 함정이 기다리고 있을 수도 있었다.

하지만 이렇게 임무는 임무대로 완수하지 못하고, 또다시 부상자에 흉수까지 놓친 채 패잔병처럼 돌아갈 순 없었다.

일로가 돌아가야 한다는 이성과 반드시 이번 일을 수습해야 한다는 감정 사이에서 갈등했다.

그때 적호가 나직이 속삭였다.

"놈들은 우리가 그곳으로 가는 것을 필사적으로 막고 있습니다. 우리에게 정보가 누설된 것을 알아낸 것입니다. 그 말은 곧 이번 정보가 정확하다는 증거입니다."

일로가 빠르게 고개를 끄덕였다. 적호의 말 자체에는 큰 허점이 있었지만, 일로는 앞서의 실패를 만회해야 한다는 부담감 때문에 냉철한 판단을 하지 못했다. 거기에 어차피 함정이라 해도 다 없애 버릴 수 있다는 자신감이 더해졌다.

적호가 빠르게 말했다.

"제가 팔로 선배님을 모시고 돌아가겠습니다. 잠시만 놈들의 시선을 끌어주십시오. 그리고 선배님들께선 곧장 가셔서 임무를 완수하십시오."

"할 수 있겠니?"

"걱정 마십시오. 본단은 이곳에서 멀지 않습니다. 최대한 조심해서 돌아가겠습니다."

듣고 있던 이로가 고개를 끄덕였다.

"그러는 것이 좋겠습니다. 계속 여기에 붙잡혀 있을 수는 없습니다."

일로가 적호를 보며 고개를 끄덕였다.

"좋아, 널 믿고 맡기겠다. 반드시 팔로를 살려야 한다."

"걱정 마십시오!"

적호가 팔로를 들쳐 업었다. 옷을 찢어 그를 단단히 고정했다.

적호가 고개를 끄덕여 신호를 보내자, 네 사람이 동시에 어둠 속으로 비수를 날렸다.

쉭쉭쉭쉭쉭!

어둠 속에서도 비수로 반격했다.

쉭쉭쉭쉭쉭!

그 틈을 타서 팔로를 업은 적호가 반대쪽으로 내달리기 시작했다.

그렇게 얼마나 달렸을까?

적호가 잠시 멈춰 섰다.

길옆에서 연이 모습을 드러냈다. 칠조원들에게 비수를 던져

대다가 그곳을 빠져나온 것이다. 경공에 있어서는 최고의 실력을 지닌 그녀였다. 적호를 따라잡는 것은 쉬운 일이었다.
"어떻게 된 겁니까?"
"그녀가 다시 대로에게 불려갔다."
"이 밤에요? 왜요?"
적호가 고개를 내저었다.
"이제 어떻게 하죠? 자정까지 얼마 남지 않았습니다."
적호가 나직이 말했다.
"돌아가야지, 우리도."
'우리'란 말에 연이 의미심장한 눈빛을 발했다.

* * *

팔로를 업은 적호가 무사히 사악련 입구를 통과했다.
팔로의 목숨이 위중한 상황이었고, 입구의 무인들은 적호의 얼굴을 알고 있었다.
입구를 통과한 적호가 철혈구성으로 내달렸다.
저 멀리 철혈구성의 건물이 보였다.
화원을 돌아서는데 누군가 그들 앞을 막아섰다.
방소소였다. 그녀가 놀란 얼굴로 달려왔다.
"대체 어떻게 된 일이에요?"
"기습을 당했소."

"누구에게요?"

그 순간!

쇄애애애액, 푸우욱!

공기와 살이 찢기는 소리가 연이어 들려왔다.

방소소의 손에 들린 비수가 적호의 가슴에 박혀 있었다. 너무나 빠른 기습이었기에 적호는 피할 수 없었다.

그나마 몸을 비틀어 피하지 않았다면 심장에 박혔을 공격이었다.

퍼엉!

적호의 주먹과 방소소의 일장이 충돌했다.

두 사람이 주르륵 밀렸다.

업혀 있던 팔로가 바닥으로 뒹굴었다.

여전히 적호의 가슴에는 비수가 박혀 있었다.

피리링!

그녀의 허리에서 연검이 풀려 나왔다. 그녀의 기도는 완전히 달라져 있었다.

그녀는 여유로웠다. 적호의 상처는 치명적인 것이었다. 시간만 끌어도 죽게 되는.

방소소가 싸늘히 말했다.

"적호!"

적호의 안색이 일그러졌다.

"넌?"

"화사객(花蛇客)!"

그녀는 사도십객 중 화사객이었다. 암살에 특화된 그녀였다. 이번 작전에 투입된 것은 소객만이 아니었다. 화사객과 소객, 두 사람이었던 것이다.

다가서는 그녀를 피해 적호가 뒷걸음질을 쳤다.

바닥에 쓰러진 팔로에게 걸려 뒤로 넘어졌다. 적호의 상태는 아주 나빠 보였다.

적호가 힘겹게 일어났다.

그녀는 침착하게 천천히 걸음을 옮겼다.

"소객은 어떻게 됐지? 몇 시진째 그를 볼 수 없었다."

적호는 아무 대답도 하지 않았다.

"역시 죽었군."

그녀가 고개를 내저으며 혀를 찼다.

"혼자 행동하지 말라고 그리 경고했건만."

동료의 죽음에도 그녀는 슬퍼하지 않았다. 오히려 옅은 미소를 지었다.

"고맙군, 내 손에 죽어줘서. 다들 널 죽이고 싶어하거든."

피리리릭!

그녀의 연검이 위협적으로 허공에서 춤을 췄다.

"네가 침입한 이유를 반드시 알아내란 명령이었지만, 소객이 죽은 이상 그 명령은 의미가 없어졌다."

하지만 미련이 남는지 한마디 덧붙였다.

"기왕 죽는 것, 말해주겠어?"

대답 대신 적호가 검을 뽑아 들었다.

"호! 그 몸으로? 하긴 죽을 때 죽더라도 이름값은 해야지."

연검이 휘어져 날아와 적호의 검을 쳤다.

챙!

단 한 수에 그대로 검이 튕겨져 날아갔다.

적호는 검을 쥘 힘도 없어 보였다.

"걱정 마! 마지막까지 정말 끝내주게 잘 싸우다 죽었다고 해줄게."

그녀가 자신만만한 표정으로 다가섰다.

마지막 한 수를 날리려고 손에 힘을 주던 그 순간.

쉭!

예상치 못한 곳에서 바람 소리가 들려왔다.

그녀의 뒤쪽 발목에서 시원한 느낌이 들었다.

"아악!"

그녀가 비명을 내질렀다.

누군가 자신의 발목을 베었던 것이다.

쓰러져 있던 팔로였다. 그는 팔로가 아니었다. 팔로의 옷을 입고 있던 연이있다. 가슴을 동여매고, 팔로의 피 묻은 옷에 복면까지 쓰고 있어서 미처 알아차리지 못한 것이다.

"죽어!"

화사객이 쓰러지며 연검을 연을 향해 날렸다.

피리리릭!

연이 바닥을 뒹굴어 피했다.

다음 순간, 적호가 그대로 화사객을 덮쳤다. 쓰러지면서 화사객이 연검을 날렸다.

피리리릭!

연검이 크게 휘어지면서 적호의 목으로 날아들었다.

연검이 적호의 목에 박히려는 순간.

서걱.

적호가 자신의 가슴에 박혀 있던 비수를 뽑아 그녀의 목을 베어버렸다.

화사객이 그대로 즉사해 쓰러졌다. 날아든 연검은 아슬아슬하게 적호의 목을 스치며 허공을 갈랐다.

파파파팍!

비수가 뽑혀 나온 적호의 가슴에서 피가 뿜어져 나왔다.

연이 달려와 적호의 웃옷을 벗겼다.

다음으로 피에 물든 가죽 보호대를 벗겼다.

탁탁탁!

연이 혈도를 눌러 상처를 지혈했다. 그 위에 약을 발랐다. 두꺼운 가죽 보호대가 아니었다면 즉사했을 상처였다.

"괜찮으세요?"

적호가 창백한 안색으로 고개를 끄덕였다. 검을 놓친 것은 일부러 상대의 방심을 유도하기 위함이었다.

비수가 가슴에 꽂힌 채 싸워서 그녀를 이길 자신이 없었다. 시간을 끌수록 자신이 불리했다. 그래서 일부러 위치를 연이 누워 있던 곳 근처로 이동했었다. 일격필살을 노리기 위해서.

시체가 되어 누운 화사객의 얼굴은 바뀌지 않았다. 내력으로 짐작할 때, 그녀의 나이는 적어도 서른이었다. 아마도 그녀는 보이는 것보다 훨씬 동안의 외모였던 모양이었다.

연이 적호의 상처를 천으로 싸맸다.

"상처가 너무 깊어 힘들겠어요. 임무는 무리예요."

적호가 가만히 고개를 내저었다.

"이깟 상처는 아무것도 아니야."

적호가 끙, 하며 자리에서 일어났다. 움직일 때마다 가슴이 찢어질 듯 아팠다. 하지만 못 움직일 정도는 아니었다. 고통은 참으면 된다. 참을 수 없는 것은 임무에 실패한 후 발생할 일들이었다.

"이 몸으로는 그녀를 구할 수 없어요. 더구나 그녀는 철혈대로와 함께 있잖아요?"

적호의 눈빛이 저 멀리 철혈구성을 향했다.

불 꺼진 건물 꼭대기, 철혈대로의 방만은 환하게 불이 밝혀져 있었다

"그와 함께 있기 때문에… 시도해 볼 만한 방법이 있어."

* * *

육로는 당황하고 있었다.

그녀가 철무강의 집무실에 들어갔을 때 그는 혼자 술을 마시고 있었다. 빈 술병이 여러 병인 것으로 봐서 그는 꽤 술을 마신 상태였다.

"이리 와서 앉게."

"이대로 서 있겠습니다."

육로가 그와 조금 떨어진 곳에 정중한 자세로 섰다.

불려올 때만 해도 이런 분위기일 줄 미처 생각지 못했다. 그녀는 당황스러웠다.

그렇다고 철혈대로가 몹쓸 의도로 자신을 불렀다고는 생각지 않았다. 비록 철무강을 직접 본 것이 이번이 두 번째에 불과하지만, 그에 대한 소문은 언제나 여인이 아닌 무인의 마음을 흥분시키는 것들이었다. 냉철하고, 강하고, 패배를 모르는.

철무강은 술을 마시다 문득 그녀가 보고 싶었다.

그래선 안 된다는 생각을, 한 번쯤은 그래도 된다는 생각이 이겼다.

그녀의 아름다운 모습에 눈이 부셨다. 그녀를 부른 것은 잘한 일이란 생각이 들었다.

"한잔하지?"

"전 괜찮습니다."

"한잔해!"

철무강의 언성이 조금 높아졌다.
"네, 명령이시라면."
그녀가 철무강 앞에 마주 앉았다.
철무강이 무서운 얼굴로 말했다.
"명령이 아니면 술 한 잔도 받고 싶지 않은 사람인가, 난?"
"그런 뜻이 아니었습니다. 주십시오."
자신에 대한 철무강의 감정을 알지 못했기에 그녀는 더욱 당황스러웠다.
철무강은 취해 있었다. 술에도 취했고, 감정에도 취했다.
술잔을 받아 든 그녀가 입술만 축였다. 자신마저 술에 취해서는 안 될 것 같은 경계심 때문이었다.
그녀를 바라보는 철무강의 눈이 풀려 있었다. 모든 것을 버리더라도 그녀를 가지고 싶었다. 철혈대로가 수하를 탐했다는 손가락질 따윈 충분히 감수할 수 있을 것 같았다.
철무강은 오늘 그녀를 차지하리라 마음먹었다.
어쩌면 그녀도 원하고 있을지도 모른다는 생각이 들었다. 자신이라면 그녀를 출세시켜 줄 수 있었다. 이삼 년 후쯤에는 일조로 불러 올릴 수도 있었다.
자기 합리화를 위해 가장 필요한 것은 술이었다.
철무강이 다시 술잔을 비웠다.
그를 지켜보는 육로의 마음은 불안했다. 철무강이 뿜어내는 열기를 그녀도 느끼고 있었다. 설마하는 마음을 설마하는 마음이 내쫓고, 다시 또 다른 설마가 그 자리를 차지했다.
"한 잔 쭉 마시지?"
그녀가 난감한 표정을 짓던 그때였다.
그때 밖에서 일로의 목소리가 들려왔다.
"육조오로가 뵙기를 청합니다."
철무강의 인상이 확 일그러졌다.
"화급을 다투는 일이랍니다."
철무강은 아무 대답도 않았다.
곧이어 일조일로의 목소리가 들렸다.
"알겠습니다. 돌려보내겠습니다."
"잠깐!"
"네?"
"혹시 그 아이?"
"맞습니다. 수라혈마단주의 자제입니다."
그렇지 않았다면 애초에 자신의 손에서 거절했을 일이었다.
"들이게."
"알겠습니다."
"그리고 오늘은 자네들도 물러가 쉬게."
찰나지간 침묵이 흘렀다.
"알겠습니다."
일로는 그 일이 육로 때문이란 것을 알아차렸다. 언제나 철무강을 가장 가까이서 호위했던 그였다.

보여지는 것과 다른 면이 있다는 것을 어느 정도는 눈치채고 있던 그였다. 다른 일도 아니고 육로 때문이라면 물러나 줘야 했다. 육로에게는 안된 일이지만, 철혈대로의 눈에 든 이상 어쩔 수 없는 일이었다.

곧이어 용하진이 안으로 들어왔다.

그가 정중히 고개를 숙여 인사했다.

"무슨 일인가?"

철무강이 싸늘히 물었다.

"부탁이 있어 왔습니다."

"이 밤에?"

"네. 제겐 화급을 다투는 일입니다."

철무강의 인상이 찌푸려졌다. 정말이지 제 아비만 아니었다면. 하긴 그랬다면 감히 이런 일이 생기지도 않았겠지만. 마음이 육로에게 가 있어서였을까? 철무강은 낮에 들었던 용하진의 목소리가 미묘하게 달라졌다는 것을 깨닫지 못하고 있었다.

"부탁이 뭔가?"

"조를 옮겨주십시오."

철무강이 어이없다는 표정을 지었다.

"고작 그런 부탁인가?"

난데없는 일은 아니었다. 아까 용천세를 만나러 갔을 때 두 사람이 다투던 것을 기억했다. 아마도 용천세에게 이 부탁을 하러 갔었고, 거절당한 모양이었다.

"제겐 중요한 일입니다."

철무강이 자리에서 벌떡 일어났다.

그가 위협적으로 용하진에게 다가갔다. 아무리 용천세의 아들이라도 그냥 두고 볼 수는 없었다.

그 기세에 놀란 용하진이 흠칫 물러섰다.

짝!

사정없이 뺨을 후려쳤다.

"내일 다시 찾아오도록."

용하진이 원망에 찬 눈빛을 보냈다.

철무강은 살기가 솟구쳤다. 이런 철부지를 일장에 쳐 죽이지 못하는 것이 화가 났다. 하지만 죽일 순 없었다.

돌아서는 철무강을 향해 용하진이 나직이 말했다.

"저 여자를 좋아하는 것 알고 있습니다."

"뭣이?"

철무강이 깜짝 놀랐다.

"철혈구로 모두가 알고 있습니다."

모두가 알고 있다는 말에 철무강이 당황했다. 동시에 화가 머리끝까지 났다.

"이 자식이 뭐라는 거야?"

용하진이 뒤쪽의 육로를 쳐다보았다.

"저 여잔 대로님을 싫어합니다. 징그럽고 몸서리쳐진다고! 그녀의 입을 통해 똑똑히 들었습니다!"

"뭣이!"

철무강이 무의식적으로 그녀에게 홱 돌아서던 바로 그 순간이었다.

쉭―

가벼운 바람 소리.

용하진이 허공을 가로질러 육로 앞에 내려섰다.

탁탁탁!

그리고는 육로의 마혈과 아혈을 제압했다.

육로는 지금의 상황을 이해하지 못했다.

'대체 뭐지?'

그녀는 어리둥절했다. 아예 지금의 상황 자체를 이해할 수 없었다.

용하진이 왜 그런 거짓말을 했는지. 거짓말이라고 소리치려고 일어서는 순간 용하진이 철무강을 스쳐 지나며 자신을 향해 내려선 것이다. 그 움직임은 너무 가볍고 빨랐다.

'어떻게 단번에 여기까지 날아올 수 있는 것이지?'

의문은 그뿐만이 아니었다.

철무강은 여전히 그 자리에 그대로 서 있었다.

'왜 그가 이런 짓을 벌이는데도 그냥 있는 것이지?'

그때 그녀는 보았다.

용하진의 손에 한 자루의 비수가 들려 있는 것을.

비수에서 피가 뚝뚝 흘러내리고 있었다.

철무강이 천천히 손을 들어 올렸다.

그가 자신의 목에 손을 대는 순간.

피잇.

철무강의 목에 빨간 선이 그어졌다. 선에서 핏물이 뿜어져 나왔다.

"크아악!"

목에서 피를 뿜어내며 철무강이 그대로 쓰러졌다. 그의 목은 거의 떨어져 나갈 정도로 베어져 있었다.

'아아아악!'

놀란 그녀가 비명을 질렀지만 아혈을 제압당해 소리가 나지 않았다.

그녀가 눈을 질끈 감았다. 모든 것이 꿈만 같았다.

눈을 뜨면 자신의 숙소에서 잠을 깰 것 같았다.

으드드드득!

괴이한 소리가 들렸다.

육로가 눈을 떴다. 꿈은 아니었다. 철무강의 얼굴은 목에서 흘러나온 핏물에 푹 담겨 있었다.

꿈은 아니었지만 현실도 바뀌어 있었다.

용하진이 돌아섰다. 그의 얼굴은 어느새 칠로의 얼굴로 바뀌어 있었다.

적호는 오직 한순간만을 노렸다.

철무강의 감정이 가장 격렬해지는 순간을. 게다가 술까지 취해 있던 그녀다.
 오직 한순간만을 노린 적호의 혼신을 다한 기습을 그는 감당할 수 없었다. 철혈대도란 명성에 걸맞지 않은 허무한 죽음이었다. 그리고 그 죽음의 가장 핵심에는 육로에 대한 빗나간 애정이 있었다.
 용하진의 얼굴이 칠로로 바뀌자 그녀는 더욱 경악했다.
 적호가 나직이 말했다.
 "나요."
 '칠로?'
 "그래요, 잠시 얼굴을 바꾸었소. 그런 무공이 있소."
 '왜?'
 그녀는 눈빛으로 지금의 이 무서운 상황을 물었다.
 적호가 잠시 문에 귀를 가져다 댔다.
 아무런 기척도 느껴지지 않았다. 일로를 비롯한 무인들이 명령에 따라 자리를 비켜준 것이다.
 적호가 다시 육로 앞으로 다가왔다.
 "지금부터 내가 하는 말을 잘 들으시오."
 적호가 그녀의 눈을 응시했다.
 "난 신규맹의 무인이오."
 '……!'
 "시간이 없으니 단도직입적으로 말하겠소. 난 당신 아버지가 보내서 왔소. 당신을 데려오라고."

그녀가 두 눈을 부릅떴다.

적호는 거짓말을 했다. 거짓말을 하지 않으면 그녀는 절대 따라가지 않을 테니까.

"당신의 이름은 백소운, 아버지 이름은 백무성이오."

육로의 눈빛이 떨렸다. 특히 아버지의 이름은 돌아가실 때 어머니가 알려주셨다. 이후 아무에게도 말하지 않았으니 오직 자신만이 아는 이름이었다.

적호는 그녀의 반응에서 백소운이 그녀임을 확신했다.

"아버지는 신군맹의 무인이시오."

육로는 반쯤 넋이 나간 상태였다.

"나와 함께 가겠소?"

육로는 아무 대답도 하지 못했다.

적호가 철무강의 시체를 내려다보았다.

"미안한 일이지만, 남고 싶어도 남을 수 없소. 당신 짓이 아니라는 것이 밝혀지더라도 이 일에 관여된 이상 당신은 죽게 될 테니까."

육로의 눈동자가 흔들렸다. 적호의 말은 사실이었다. 어떤 식으로든 책임을 져야 할 것이다.

"아혈을 풀어주겠소. 소리치지 않으시겠소?"

육로가 그러겠다는 표정으로 눈을 깜박였다.

적호가 그녀의 아혈을 풀어주었다.

"아아."

그녀의 입에서 가느다란 탄식이 흘러나왔다.

적호가 미안한 표정으로 말했다.

"일부러 이 일로 낭신을 옭아내리고 했던 것은 아니었소. 당신을 데리고 나가려면 어쩔 수 없었소. 우리에겐 시간이 없소. 당장 빠져나가야 하오."

아혈이 풀렸지만 그녀는 아무 말도 하지 못했다.

"아버지가 당신을 보고 싶어하오."

어머니가 돌아가시고 천애 고아가 된 그녀였다. 이제 이곳에 미련은 없었다.

자신을 보고 싶다고 하니 불쑥 아버지가 보고 싶다는 마음이 들었다. 왜 어머니와 자신을 버렸는지 묻고 싶었다. 다른 누군가 자신을 버린 부모를 보고 싶다는 말을 했을 때, 속으로 어리석다고 생각했었다. 그 여린 마음이 바보 같다고 생각했었다.

하지만 직접 당하니 그럴 수밖에 없었다. 멀리서 보는 삶과 가까이서 보는 삶이 다른 법인 것처럼, 직접 겪어보지 않으면 절대 이해할 수 없는 것이 타인의 삶이니까.

"홍가장의 그 아이들 생각나시오?"

유로가 눈빛을 반짝였다.

"우리가 구한 것이오."

"아!"

"다행이란 마음이 들었다면, 이곳은 당신과 절대 어울리지 않는 곳이오. 방금 다행이란 생각이 들었소?"

적호의 물음에 그녀가 미약하게 고개를 끄덕였다.
"그럼 나하고 갑시다."
이윽고 육로가 마음을 굳혔다.
"가요, 아버지에게로."
적호가 그녀의 목에 걸고 있던 것을 가리켰다.
"항상 차는 거요?"
"네."
"그게 필요한데 괜찮겠소?"
육로가 망설이며 목걸이를 풀었다.
"이건… 어머니가 물려주신 거예요. 한순간도 떼놓은 적이 없어요."
그녀의 손에서 적호가 목걸이를 받아 들었다.
"그래서 필요하오, 이것이 곧 당신이니까."
적호는 이것을 화사객의 시체에 남길 것이다. 연이 이미 화사객의 시체를 녹였다. 그 흔적에 이 목걸이를 남길 작정인 것이다. 사악련에서 그것을 믿든 말든 그건 상관할 바가 아니었다. 휘각에 보고하기 위함이었다. 그녀를 죽였다고, 임무는 완수되었다고.
"이제부터 당신은 육로가 아니라 소운이오."

第二十章
귀맹

절대
강호

다음날 아침, 자신의 집무실 문을 박차고 들어서는 기영을 보며 종리문은 일이 크게 잘못되었음을 직감했다.

그렇게 급하게 들어와 놓고도 막상 기영은 아무 말도 하지 못했다. 당혹스러움과 분노, 후회가 가득한 그 얼굴을 바라보며 종리문이 물었다.

"설마 철혈대로가 당했소?"

"……네."

종리문이 눈을 질끈 감았다. 날벼락 같은 소식이었다. 하지만 마른하늘의 날벼락은 아니었다. 적호라는 먹구름이 몰려왔었으니까. 알면서도 당한 것이다. 벼락이 치는 날 산에 올라가 검을 휘둘러 댄 탓이다.

종리문이 자리에 주저앉았다.

"그를 지킬 자신이 있다고 하지 않았소?"

기영이 고개를 들지 못했다. 물론 자신은 있었다. 소객과 화사객이라면 충분히 적호를 감당할 수 있을 것이라고 생각했다. 결정적으로 적호는 그들이 투입된 것을 모르는 입장이었으니까.

"십객들도 모두 당한 것이오?"

"둘 모두에게서 소식이 끊어졌습니다."

"빌어먹을!"

종리문이 자리에 앉았다. 이미 벌어진 일이었다. 화를 낸다고 해결될 문제가 아니었다.

"앉아서 자세히 보고하시오."

"아침에 철무강의 집무실에서 그의 시체가 발견되었습니다."

"그를 지키던 일조들도 다 당한 것이오?"

"아닙니다. 그들은 어젯밤 자리를 비웠답니다."

"왜요?"

"그에 대해선 지금 조사 중입니다."

종리문은 이번 일이 어떻게 돌아갈지 잘 알고 있었다. 사악련주 직속의 고수가 이번 일을 자체 조사할 것이다. 사안이 사안인만큼 또다시 피바람이 불 수도 있었다.

종리문이 은밀한 눈빛을 보냈다.

"철혈구로에 사도십객을 투입했다는 증거를 모두 없애시오."

"애초에 그런 증거는 없습니다."

그것이 철혈대로에게 알리지 않고 자신있게 이번 일을 진행시킬 수 있었던 가장 큰 이유였다.

"그들은 철혈구로의 무인으로 죽은 것이오."

"걱정 마십시오."

만약 이번 일이 밝혀지면 두 사람 모두 문책을 피할 수 없을 것이다. 물론 십이귀병의 침투 목적을 알아보기 위해서 곧바로 제거하지 않았다는 의도는 이해할 것이다. 하지만 그것은 철혈대로가 죽지 않은 상황에서만 허용되는 이해였다.

그때 밖에서 수하의 목소리가 들렸다.

"련주께서 급히 찾으십니다."

"알았다."

곧이어 기영의 수하도 그곳을 찾았다.

"련주님께서 부르십니다."

"알았으니 물러가라."

시아련 전체에 비상이 걸린 것이다.

종리문이 나직이 말했다.

"살수를 체포하기 위해 천라지망을 펼치게 될 것이오. 칠귀단이 먼저 투입될 거고, 추혼대(追魂隊)와 철벽수(鐵壁手)들이

귀맹 295

이차로 투입될 것이오."

"그렇겠지요."

"거기에 사도십객까지 투입해선 안 되오. 그렇게 되면 제아무리 적호라도 빠져나갈 수 없을 것이오. 절대 그가 잡히면 안 되오."

적호가 잡히면 자신들이 개입한 것이 밝혀지게 될 것이다. 사도십객이 그의 손에 죽었기 때문이었다.

기영이 고개를 끄덕였다.

"알겠습니다. 어떤 핑계를 대서라도 투입을 최대한 미루겠습니다."

종리문이 가볍게 한숨을 내쉬었다.

결과적으로 이 년 전에 이어서 이번에도 자신이 적호의 목숨을 구해주는 셈이 되었다. 적호와 질긴 인연의 끈이 느껴졌다.

기영이 한숨을 내쉬었다.

"이번의 모든 일은 제 책임입니다."

그는 분명 적호를 얕잡아봤다.

둘이 아니라 넷, 다섯, 아니, 사도십객 모두를 투입했어야 했다.

하지만 그러기에는 자존심이 상했다. 놈이 하나라면 둘 정도로 막아내는 모습을 보여주고 싶었다.

그들에게 십이귀병이 있다면 이쪽엔 사도십객이 있다는 그 말을 확실히 증명해 보이고 싶었으니까. 임무 중인 살객과 귀객을 무리해서라도 불러들이지 않은 것도 그런 이유 때문이었다.

고개를 푹 숙인 기영을 보며 종리문이 말했다.

"가장 어리석은 짓보다 더 어리석은 짓이 무엇인지 아시오?"

"무엇입니까?"

"이미 저지른 어리석은 짓을 후회하는 것이지요."

종리문이 눈빛을 빛내며 덧붙였다.

"이번 일부터 정리하고, 곧 반격합시다!"

    *   *   *

적호의 거친 숨소리가 숲 속에 울려 퍼졌다.

소운은 그것을 나무 위에서 내려다보고 있었다. 그녀의 뒤에선 연이 그녀를 감싸 안고 있었다. 두 사람은 나뭇가지 사이로 몸을 숨기고 있었다. 그녀들의 위치는 절묘했다. 아래서는 보이지 않는 위치에 자리한 것이다. 은신술의 고수인 연이 확보한 위치였다.

하지만 그렇지 않다 하더라도 어차피 그녀들을 올려다볼 사람은 없었다. 위를 올려다보고 있는 이들은 모두 죽은 사람들이었다.

살아남은 무인들의 시선은 한곳으로 향해 있었다.

적호가 반쯤 허리를 굽힌 채 숨을 헐떡이고 있었다.

"헉헉헉."

적호의 가쁜 숨소리에 나무 위의 두 여인은 마음을 졸였다.

주위에 깔린 시체의 숫자는 셀 수조차 없이 많았다. 주위에는 피가 냇물처럼 흐르고 있었다.

적호가 무방비 상태로 숨을 헐떡대고 있었지만 그를 포위한 칠귀단의 무인들은 함부로 달려들지 못했다.

방금 전 그 기회를 노리고 달려든 여섯 명도 기존의 시체 대열에 합류했기 때문이다.

모두들 겁을 먹고 있었지만 아무도 물러나지 않았다. 그들은 물러나는 것을 배우지 않았다.

"쳐라!"

다시 명령이 내려왔다.

적호를 향해 십여 개의 검이 사방에서 날아들었다.

쉬익! 쉭! 쉬이이익!

소운의 눈앞에서 수십 가닥의 검광이 번뜩였다. 너무 아슬아슬해서 차마 눈 뜨고 볼 수 없는, 그러나 단 한순간도 눈을 뗄 수 없는. 적호가 펼쳐 내는 검술이 그러했다.

푸아악!

적호의 검이 정면에서 달려드는 사내의 목을 베면서 그대로 사내의 어깨를 밟고 날아올랐다.

허공에서 적호가 몸을 돌렸다.

쉭! 쉭!

뒤에서 쇄도하던 두 사내의 가슴과 목에서 피가 터져 나왔다.

적호가 그대로 허공에서 뒤로 누웠다.

쉬익! 쉭!

두 자루의 검이 거의 얼굴을 스치며 지나갔다.

파아악! 푸아아악!

검을 쥔 두 개의 팔이 허공으로 날아올랐다.

뒤에서 공격을 가하던 두 무인의 팔을 벤 적호가 바닥에 착지했다. 동시에 적호의 손에서 비수가 날았다.

쉭쉭쉭!

달려들던 세 사내 중 둘이 몸을 뒤집으며 쓰러졌다.

쉬이잉!

푸욱!

마지막 사내를 나무에 박아버린 것은 적호의 검이었다.

"후우! 후우!"

적호의 숨소리가 터질 듯이 흘러나왔다.

다리에 힘이 풀린 적호가 그대로 바닥에 주저앉았다. 내력이 바닥나서 더 이상 손가락 하나 까닥하기 힘들었다. 탈출 과정에서 단 한 번도 수라팔절을 사용하지 않았다. 수라팔절은 그 위력이 강력한 대신 내력 소모가 극심했다. 적호가 사용한

검술은 지금까지 임무에서 사용해 온 실전검술이었다. 내력을 아껴가며 사용했지만 베어야 할 적들이 너무 많았다.
"후우, 후우!"
숨소리가 잦아들 기미를 보이지 않았다.
수마(睡魔)가 몰려들었다. 눈을 감자마자 잠이 들 것 같았다.
적호가 정신을 차리려고 애썼다.
자신의 귓가로 숨소리가 점점 커져 갔다.
거친 숨소리와 함께 적호는 오래전 그날로 돌아가고 있었다.

"후우! 후우!"
찬바람이 폐 속으로 스며들며 숨 쉬기조차 힘들었다.
발걸음을 옮기는 것이 너무 힘들었다.
산을 오를수록 눈보라가 거세어졌다.
상체를 숙이며 가슴에 안긴 서현이를 내려다보았다. 이제 세 살이 된 서현이는 이불에 싸여 내 품에 꼭 안겨 있었다.
춥진 않을 것이다. 서현이를 위해 내공을 계속 불어넣어 주고 있었다.
덕분에 몸이 말이 아니었다. 금방이라도 쓰러질 것 같았다.
혼자였다면 어쩌면 견디지 못했을지도 모른다.
하지만 난 멈출 수 없었다.

휘이이잉—

눈보라에 눈을 뜰 수가 없었다.

삼시 뒤로 돌아섰다. 산 아래가 까마득했다.

"현아, 조금만 힘내자."

아이는 잠들어 있었다.

바람이 잦아들었을 때 다시 돌아섰다.

한 걸음 한 걸음 계속 올라갔다. 힘들 때마다 하는 생각이 있다. 고통은 참으면 된다. 참을 수 없는 것은 그 순간을 참지 못해 일어날 결과들이다. 스스로를 위로하며 그렇게 걸어 올라갔다.

이윽고 목적한 곳에 도착했다.

정상 부근에 작은 오두막이 있었다. 그렇게 모질게 내리던 눈은 이제 그쳐 있었다.

내가 힘없이 말했다.

"계십니까?"

그러자 문이 열리고 노인이 걸어나왔다.

백발이 성성한 말라깽이였는데 더없이 차가운 눈빛으로 나를 쳐다보았다.

"누구신가?"

"사공 선배이십니까?"

"노부가 사공후(司空厚)네만."

"잠시 안으로 들어가도 되겠습니까?"

사공후가 힐끗 내 품에 안긴 서현이를 쳐다보았다. 혼자 왔다면 절대 들이지 않았을 것이란 표정으로 그가 고개를 끄덕였다.

"들어오게."

"감사합니다."

그를 따라 안으로 들어갔다.

밖이 워낙 추워서였을까? 집 안은 너무나 따뜻했다. 갑자기 긴장이 풀렸다.

화로에 장작을 던져 넣으며 사공후가 말했다.

"아이는 저기 눕히게."

"감사합니다."

조심스럽게 서현이를 침상 위에 내려놓았다. 언제나 그렇듯 예쁜 미소를 지은 채 서현이는 잠들어 있었다.

사공후가 힐끗 서현이를 쳐다보며 말했다.

"애가 지쳐 보이는데, 뭐 좀 먹였나?"

"아래 마을에서 밥을 먹이고 출발했습니다."

"지금까지 그것만 먹였나?"

"네."

"예끼, 이 사람아! 애들이 어디 어른하고 같은가? 이 추운 날씨에 애를 데리고 올라오면서!"

사공후가 이것저것 음식을 챙긴다고 부산을 떤다. 나는 그 모습을 그냥 지켜만 보았다.

사공후가 죽을 만들어왔다.

그가 서현이를 깨워서 만들어온 것을 먹였다. 잠결에 눈을 부비며 서현이가 곧잘 그것을 받아먹었다. 많이 배가 고팠던 탓이었다. 오물오물 죽을 넘기면서 서현이가 나를 보며 싱긋 웃었다. 나도 활짝 웃어주었다.

산 정상에 사는 괴팍스런 인상의 늙은이가 만든 정체불명의 죽을 서현이에게 먹인다고? 그것을 그냥 지켜만 본다고?

천만에. 난 절대 그런 사람이 아니다.

그럼에도 내가 가만히 있었던 것은 한 가지 이유 때문이었다.

사공후는 바로 의선(醫仙)이었다. 당대 최고의 의술을 지닌 이가 바로 그였다.

죽을 다 먹은 서현이가 스르륵 다시 잠이 들었다.

"설마?"

사공후가 서현이의 이마에 가만히 손을 가져다 댔다. 그리고 팔목을 잡아 진맥을 했다. 이내 사공후의 표정이 굳어졌다.

"언제 알았나?"

"첫돌이 막 지났을 때 알았습니다."

사공후가 고개를 가로저었다.

"이미 들었겠지만 이 병은 불치병이네."

"그래서 선배님을 찾아뵌 겁니다. 아이를 안고 만 리 길을 왔습니다."

지난 이 년이란 시간 동안 난 중원의 모든 이름난 의원을 찾아다녔다. 하지만 모두들 고개를 저었다. 서현이의 병을 고칠 수 없다고 했다. 하지만 난 포기하지 않았다. 아니, 포기할 수 없었다. 아이를 포기하는 순간은 곧 내 인생을 포기하는 순간이었다.

의원들을 찾아다니는 과정에서 가장 많이 들은 이름이 있었다. 모두들 말했다. 의선이라면 어쩌면… 사공후라면 어쩌면…….

하지만 또 그들은 말했다.

아쉽지만 사공후는 이제 더 이상 의술을 펼치지 않는다고.

과연 사공후는 계속 고개만 내저었다.

"제발 살려주십시오."

"힘드네."

처음으로 안 된다가 아니라 힘들다는 말이 나왔다.

모두에겐 불가능한 일이었지만 그에게는 힘든 일이다.

"원하시는 것은 무엇이든 들어드리겠습니다. 제 목숨을 원하시면 드리겠습니다."

"그래도 힘드네."

"죽이고 싶은 자가 있으면 죽여 드리겠습니다. 뭐든 말씀만 하십시오!"

"그런 소릴 하려거든 썩 물러가게!"

당장에라도 쫓아내려는 그였다.

내가 무릎을 꿇었다.

차앙!

검을 뽑아 들어 목에 가져다 댔다.

"아이를 살릴 수만 있다면 지금 이 자리에서 죽을 수 있습니다. 만약 선배께서 거절하신다면 아이를 죽이고 저도 자결……"

짝—

사공후가 달려와서 내 뺨을 때렸다.

난 피하지 않았다.

사공후가 버럭 소리쳤다.

"아이에게 제 부모에게 죽는 업을 안겨줄 것인가? 그런 말은 입 밖으로 꺼내서도 안 되는 것이네!"

"죄송합니다."

고개를 숙였다.

"어서 떠나게. 난 더 이상 의선이 아니네. 난 사람을 치료하지 않네."

내가 자리에서 일어났다.

등에 메고 있던 보따리를 탁자 위에 올려놓았다.

"열어보십시오."

"이게 뭔가?"

사공후가 못마땅한 표정으로 보따리를 풀었다.

"헉!"

사공후가 헛바람을 내쉬며 뒤로 물러났다. 보따리 안에는 사람의 머리통이 들어 있었던 것이다.

 사공후가 화난 표정으로 버럭 소리쳤다.

 "이게 무슨 짓인가!"

 내가 담담히 말했다.

 "누군지 자세히 보십시오."

 "뭐?"

 사공후가 머리통을 자세히 살폈다.

 그러던 사공후가 흠칫 놀랐다.

 "설마?"

 사공후의 표정이 시시각각 변했다.

 기쁨과 환희, 서글픔과 고통. 오욕칠정의 모든 감정이 한꺼번에 분출되었다.

 이내 사공후의 눈에서 굵은 눈물이 흘러내렸다.

 "어흐흐흑……. 어떻게 알았나?"

 머리통은 바로 자신의 가족을 죽인 원수였다. 그는 사악련의 고수였다.

 변을 당한 것은 사공후가 젊은 시절의 일이었다.

 복수를 하기 위해 안간힘을 썼지만 그를 죽일 수 없었다. 사공후는 무공에 재능이 없었다.

 그래서 그는 자신이 가장 자신있는 일에 매진했다. 바로 의술이었다. 복수를 위해서였다.

그렇게 그가 의선이 되었을 때, 그래서 이제 자신 때문에 목숨을 구한 고수들의 힘을 빌려 복수를 할 수 있는 힘을 가졌을 때, 원수는 어디론가 자취를 감추고 말았다. 아무리 찾으려 해도 찾을 수가 없었다. 그날 이후 사공후는 의술을 버렸다.

복수를 위해 의술을 펼친 것만 해도 그로선 감당하기 힘든 시련이었는데, 그 복수마저 해내지 못한 허무함이 그에게서 삶의 희망을 앗아갔다.

그런데 오늘 드디어 그 복수를 한 것이다.

사공후는 잠시 말이 없었다.

"자네가 직접 죽였나?"

내가 고개를 끄덕였다. 중원을 다 뒤져서 그를 찾아낸 것은 사부님이었다.

그가 나를 찬찬히 살폈다.

"자네, 부상을 당했군."

몸 상태가 엉망진창이었다.

"저는 상관없습니다."

사공후가 한숨을 내쉬었다. 벽장에서 작은 단약을 하나 꺼내 내밀었다.

"일단 먹게. 맨 정신으로 이야기를 해야 할 것 같으니."

"그럼 사양하지 않겠습니다."

약을 먹고 몸을 추슬렀다. 진기가 일주천하자 안색이 붉게 돌아오면서 정신이 맑아졌다.

그제야 사공후가 다시 말했다.

"방법은 단 하나뿐이네."

"무엇입니까?"

"아이가 열 살이 되면 기회가 있을 수도 있네. 그때까지만 살리면 아이를 살려낼 방도가 있네. 백일간의 이혈대법(移穴大法)과 사상역침술(四象逆鍼術)로 아이의 막힌 혈맥을 뚫어볼 수 있다네. 치료를 견디려면 최소한 열 살은 되어야 하지. 하지만 지금 이 아이는 열 살은 고사하고 몇 달도 힘든 상황이네."

몇 달이란 말에 가슴이 덜컥 내려앉았다. 울컥 눈에 눈물이 고였다.

사공후가 말했다.

"해보겠네. 어떻게든 열 살이 될 때까지 버틸 수 있게 해보겠네."

"감사드립니다. 정말 감사드립니다."

기뻐하는 적호에게 사공후가 고개를 내저으며 말했다.

"기뻐하긴 이르네, 문제는 지금부터니까."

"무슨 문젭니까?"

"우선 돈이 엄청나게 들 것이네. 영약으로 병의 진행을 억지로 누를 작정이네."

"무슨 짓이라도 해서……."

"닥치시게!"

다시 사공후가 일갈했다.

"만약 의롭지 못한 짓으로 돈을 번다면 난 절대 이 아이를 치료하지 않겠네. 설령 자네가 내 복수를 해줬다고 해도. 설령 자네 손에 죽게 된다 하더라도 그 생각은 변함이 없네."

사공후는 진지했고, 진심을 말하고 있었다.

사공후가 말했다.

"이 아이가 나으려면 하늘의 도움이 필요하네. 만약 자네가 조금이라도 의롭지 않은 일을 해서 돈을 벌게 된다면 하늘이 돕지 않을 것이야."

"알겠습니다. 반드시 악을 응징하는 일로 돈을 벌겠습니다."

사공후가 그제야 적호의 손을 잡아 일으켰다.

"최선을 다하겠네만 아이가 버텨줄 수 있을지 모르겠네."

내가 서현이를 쳐다보았다.

"우리 현이는 잘 버틸 겁니다."

하루의 대부분을 잠으로 보내는 아이였다. 잠깐잠깐 깨어서 자신을 알아봐 주는 것만으로도 너무나 고마웠다.

내가 고개를 숙여 사공후에게 인사했다.

"그럼 부탁드립니다."

"자네, 어디 가는가?"

난 돌아보지 않으며 말했다.

"지금부터 시작하겠습니다."

문을 열자 찬바람이 안으로 들어왔다.

그 바람에 잠시 서현이가 눈을 떴다.
"아빠! 아빠!"
뒤에서 나를 불렀다.
난 뒤돌아보지 않았다. 아이 얼굴을 보면서 떠날 자신이 없었다.
밖에는 다시 눈보라가 치고 있었다.
그곳을 향해 걸음을 옮겼다.
그게 새로운 인생의 첫걸음이었다.
조금만 참고 기다려라. 이 아빠가 반드시 구해주마!

"하아, 하아!"
적호는 다시 칠 년의 세월을 넘어 현실로 돌아왔다.
아이는 지금까지 잘 견디고 있었다.
사부님께서 서현이의 곁을 지켜주고 계셨다. 그래서 이 일에 집중할 수 있었다. 그렇지 않았다면 그 불안함과 그리움을 견뎌내지 못했을 것이다.
지난 칠 년간 서현이를 딱 두 번 보았다. 일부러 찾질 않았다. 혹시라도 아이의 존재가 들킬까 봐서. 마지막 본 것이 이 년 전, 그 임무가 끝나고 나서였다. 죽을 뻔했다가 살아나자 현이가 너무 보고 싶었다. 그런데… 빌어먹을! 그 한 번이 결국 꼬리를 밟힌 것이다. 그렇게 조심했는데. 그렇게나 조심했는데…….
어쨌든 이제 칠 년이 지났고, 올겨울이면 드디어 대법을 시행할 것이다.

조금만, 이제 조금만 더 견디면 된다.

지금까지 그 힘든 치료 과정을 딸아이는 잘 견뎌냈다. 그 어린것이, 그 가녀린 몸으로, 모진 아픔을 참아가며… 이깟 고생쯤은, 이깟 고통쯤은 그에 비하면 아무것도 아니다.

이겨낼 것이다. 무슨 일이 있더라도 이겨낼 것이다.

그래서 반드시 딸아이를 살려낼 것이다.

적호가 천근만근 감기던 눈을 번쩍 뜨며 이를 악물었다.

그 모습을 지켜보는 소운이 자신도 모르게 몸을 움찔했다. 내려가서 그를 일으켜 주고 싶었다. 저 힘들어하는 어깨를 감싸주며 괜찮냐고 물어보고 싶었다.

소운을 감싸 안은 연의 팔에 힘이 들어갔다. 아직은 가만히 있으란 신호였다.

소운은 련을 나설 때까지만 해도 자신들이 가야 할 길이 이렇게 험하고 힘든 길인 줄 몰랐다.

신군맹의 영역을 하루 거리에 앞두고 적들의 추격은 극에 달하고 있었다. 그들은 끝없이 몰려왔다.

사악련을 벗어나는 것은 쉬웠다. 그때까지도 그들은 철혈구로의 무인들이었으니까.

시련은 사악련을 벗어나고 나서부터였다.

천라지망.

소운은 지금까지 천라지망이 그저 많은 인원이 겹겹이 포위하는 것인 줄만 알았다.

하지만 아니었다. 사악련의 천라지망은 무섭도록 치밀하고 계산적이었다.

한 번 적에게 걸리면, 한 시진 내에 다섯 무리의 적을 만나야 했다. 그들은 서로 간에 완벽한 연락 체계를 지니고 있었고, 물러설 줄을 몰랐으며, 집요했고 지독했다.

철혈구로에 들어갈 정도의 실력이었지만, 만약 자신이었다면 반나절도 못 견뎠을 것이란 생각이 들었다.

적호는 끝없이 몰려드는 적들을 쉴 틈 없이 상대해 내고 있었다.

검을 들 힘조차 없을 것 같은 순간에도, 그는 생각지도 못한 힘을 발휘했다.

소운은 처음에는 그것이 적호의 신체적 능력 때문이라고 생각했다. 처음에는 그랬을지 몰라도 이제는 아니었다. 이제는 정신력으로 버티고 있었다. 그리고 그것은 소운에게 무인을 넘어서, 인간의 정신력이 얼마만큼 강해질 수 있는가에 대한 해답을 보여주고 있었다.

대단한 것은 적호만이 아니었다. 지금 이 순간에도 연은 자신을 지켜주고 있었다.

그녀의 은신술이 아니었다면, 제아무리 적호가 뛰어났다 하더라도 자신이 먼저 죽었을 것이다. 적호가 적을 베고, 연이 자신을 숨겨주고 있었다. 두 사람은 완벽하게 호흡이 맞았다.

주위를 살피던 연이 빠르게 말했다.

"내려가요."

두 사람이 훌쩍 나무에서 뛰어내렸다.

소운이 걱정스럽게 물었다.

"괜찮아요?"

적호는 괜찮지 않았다. 내력은 고갈되었고 가슴의 상처가 갈라져 다시 피가 흘러나오고 있었다.

새로운 상처가 십여 군데나 새로 생겼다. 연이 적호의 웃옷을 벗기고 빠르게 금창약을 발랐다. 그리고 다시 상처를 싸맸다. 치료하는 데 이골이 난 그녀였다.

적호가 걱정 말라는 미소를 지으며 고개를 한 번 끄덕여 주었다.

적호는 되도록 소운에게 말을 걸지 않으려 애썼다.

그녀를 속여서 데려가고 있었다. 삼공녀 쪽에서 그녀를 어떻게 이용할까? 당장 죽이지는 않을 것이다. 그녀를 이용해 대공자를 공격할 작정일 테니까. 하지만 그 이야기의 끝에서… 과연 그녀는 어떻게 될까?

소운이 물었다.

"당신들은 누구죠?"

"수많은 신군맹 무인 중의 한 명이지."

그럴 리가 없다고 생각했다. 만약 신군맹의 무인들이 다 이렇다면 진작에 사악련은 멸망했을 테니까.

소운이 뭐라 입을 열려는 순간, 연이 쉿 하며 주의를 환기시켰다.
　적호와 연이 마주 보며 고개를 끄덕였다.
　연이 소운의 손을 잡고 몸을 날렸다. 두 사람이 다시 나뭇가지 위로 날아올랐다.
　적호가 천천히 자리에서 일어나 한옆으로 걸어갔다. 무인을 관통해 나무에 박혀 있던 자신의 검을 뽑았다. 참혼이 아니었다면 훨씬 더 힘든 길이 되었을 것이다.
　적호가 돌아섰을 때 수풀 사이에서 사내 하나가 모습을 드러냈다.
　이십대 중반의 외모였는데, 얼굴에 장난기가 서려 있었다.
　사내가 히죽 웃었다.
　"여기 있었군. 한참 찾았네."
　사내가 길게 휘파람을 불었다. 누군가를 부르는 신호였다.
　적호의 표정이 굳어졌다. 상대는 지금까지 상대해 온 무인들과 차원이 달랐다.
　절정고수였다. 평소라면 충분히 상대할 수 있겠지만, 지금 상황에서는 바짝 긴장해야 할 상대였다. 이 사내가 마지막 상대라면 부담이 덜하겠지만, 이후에 누구와 맞닥뜨려야 할지 모르는 상황이었다.
　사내의 기도는 독특했다.
　따뜻하면서도 차갑고, 차가우면서도 부드러웠다.

그가 허리에 찬 호롱박의 마개를 따고 마셨다.

"캬! 죽이는구나."

술을 마시느라 고개를 늘던 사내가 '어?' 하며 놀랐다.

사내의 시선이 나무 위를 향했다. 정확히 연과 소운이 앉아 있는 곳이었다.

우연히 안 것처럼 굴었지만 그는 처음부터 두 사람이 그곳에 숨어 있다는 것을 알고 있었다고 적호는 느꼈다.

"거기서 뭐해?"

적호가 나무를 올려다보며 고개를 끄덕였다.

연과 소운이 아래로 뛰어내렸다.

적호가 심각한 표정으로 말했다.

"먼저 가."

연의 눈동자가 흔들렸다. 지금까지 함께 헤쳐 나왔다. 이제 하루만 더 가면 신군맹의 영역이었다. 그만큼 눈앞의 적이 강적이란 뜻이었다.

그때 사내가 히죽 웃으며 말했다.

"대화 중에 미안한데… 그렇게는 안 되겠는데."

적호는 그의 말을 들은 척하지 않았다.

"먼저 가!"

적호의 목소리에 강한 의지가 담겼다.

"곧 따라갈 테니까, 걱정 말고 가."

연이 고개를 끄덕였다.

그때 사내가 불쑥 말했다.

"너도 가."

적호가 놀라 그를 돌아보았다.

"임무는 마저 마쳐야지, 적호."

깜짝 놀란 적호와 연을 바라보며 사내가 히죽 웃었다.

"아홉째 지지 신(申), 취후(醉猴)다. 널 지원 나왔다."

연이 안도의 한숨을 내쉬었다.

'아! 진작 말을 해야지!'

정말이지 얼마나 가슴이 떨렸는지. 비록 장난을 쳤지만 그의 등장이 너무나 반가웠다.

적호 역시 겉으로 표는 내지 않았지만 마음이 울컥했다.

취후가 웃으며 물었다.

"우린 초면이지?"

"그렇군."

적호와 취후의 시선이 허공에서 얽혔다. 왠지 나쁘지 않은 느낌이었다.

그때였다.

꽈직!

나무가 부러지며 무엇인가 날아왔다. 바닥을 뒹굴며 널브러진 그것은 사악련 무인이었다.

그 뒤로 여인 하나가 걸어나왔다.

그녀는 바로 청사였다. 청사가 웃으며 적호에게 손을 흔들었다.

"역시 무사하네?"

그녀를 보자 적호가 피식 웃었다. 그에 반해 연은 조금 싸늘한 눈빛을 보냈다.

청사가 연을 보며 말했다.

"아! 그때 그 불친절한 자기 비선인가 봐. 흠, 가슴이 좀 빈약하지 않나?"

그러면서 풍만한 자신의 가슴을 내려다보았다.

연이 입술을 지그시 깨물며 시선을 돌려 버렸다.

청사가 적호를 보며 눈웃음을 쳤다.

"어서 가. 우린 딱 반 시진만 막아주고 떠날 거야. 여차하면 그보다 빠를 수도 있고."

적호가 고개를 끄덕였다.

"그 정도면 충분해."

"나중에 한잔 사야 해."

"그러지."

취후와 청사가 나란히 사악련 무인들이 추격해 오는 방향으로 걸어갔다.

"적호를 보더니 난 완전 뒷전이군."

"당연하지. 애초에 주정뱅이 원숭이와는 비교가 안 되지."

"분한데?"

둘은 이미 친분이 있는 모양이었다.

적호가 그들의 뒷모습을 잠시 쳐다보았다. 언제나 지원을 나가는 쪽이었기에, 이렇게 지원을 받는 기분이 좀 어색했다.

하지만 그렇게 나쁘진 않았다. 자신에게도 동료가 있다는 기분, 거의 처음이었다.

저 멀리 가던 취후가 발걸음을 멈췄다.

그가 적호를 힐끔 돌아보았다.

"칠 년을 안 죽고 버텼다지? 그럼 앞으로 한 십 년만 더 버텨 줄래?"

적호가 왜 그런 말을 하느냐고 눈빛으로 물었다.

취후가 히죽 웃으며 말했다.

"한 사람쯤은 해내야 하지 않겠어? 우리도 잘만 하면 이십 년 정도는 안 죽고 버틸 수 있다고. 그래야 후배들이 희망 비슷한 거라도 가지지 않겠어? 뭐, 그 희망, 내가 제일 필요하지만."

옆에 있던 청사가 피식 웃으며 말했다.

"술 때문에 넌 오래 못 가."

적호도 피식 웃었다.

세 사람이 말없이 시선을 주고받았다. 더 이상 말은 필요없었다.

"우리도 가지."

이별을 슬퍼할 필요는 없다. 친구라면 반드시 다시 만나게 될 테니까. 고마움은 그때 전하면 된다.

저 멀리 뒤쪽에서 비명을 만들어내는 칼바람 소리가 이어지기 시작했을 때, 적호와 두 여인은 달리고 있었다.

*   *   *

그리고 닷새 후, 신군맹의 본단이 있는 그곳으로 적호와 소운이 들어섰다. 신군맹의 영역에 들어선 이후 연은 따로 행동했다.

두 사람은 아무 말도 하지 않았다.

새 무복으로 갈아입었음에도 적호의 몸에서 피 냄새가 나고 있었다.

소운은 마치 꿈을 꾼 것 같았다. 이렇게 빠져나온 것이 믿기지 않았다.

떠나온 곳도, 도착한 곳도 그녀의 눈에는 달라 보이지 않았다.

장사치들이 호객 행위를 하고 있었고, 아이들이 뛰어놀고 있었다.

검을 찬 여인도, 도를 멘 청년도, 아이 머리통만 한 주먹을 말아 쥐 주녀 무인도 모두들 자신의 길을 걸어가고 있었다.

그녀가 발걸음을 멈추고 고개를 들었다.

"저곳인가요, 제 아버지가 있는 곳이?"

그녀에게 무슨 말을 해줘야 할지 몰라 적호는 그저 고개만 끄덕였다. 그녀에겐 미안한 마음뿐이었다.

그녀도, 자신도 이제 어떤 운명이 기다리고 있을지 알 수 없었다.

적호가 그녀가 바라보는 곳을 바라보았다.

저 멀리 웅장하게 늘어선 신군맹의 건물들이 사악련의 그것보다 더 두렵게 다가왔다.

오랫동안 자신을 지켜준 생존 본능이 속삭였다.

진짜 싸움은 이제부터라고.

『절대강호』 3권에 계속…

조종호 新무협 판타지 소설

十變化身
십변화신

"너는 죽는다."
"……!"

뇌서중은 자신도 모르게 번쩍 고개를 치켜들어 뇌력군을 올려다봤다.
"다시 말해주랴? 난호가 망혼곡에 들어가면 네놈은 반드시 죽는다."

비밀에 싸인 중원 최고의 살수문파 망혼곡(忘魂谷).
그곳에서 십 년 만에 돌아온 화사명은 기억을 지우고
평화로운 삶을 꿈꾸지만,
주위엔 가문을 위협하는 자들이 존재하고 있었으니…….

그의 손엔 망혼곡 삼대기문병기
용편검(龍鞭劍), 명혼기수(冥魂起手), 엽섬비(葉閃匕),
열굴엔 서로 다른 열 개의 괴이한 가면.

망혼곡주 십변화신!
그가 일으키는 폭풍의 무림행!

Book Publishing CHUNGEORAM

유행이 아닌 자유추구 -
WWW.chungeoram.com

백야 新무협 판타지 소설

醉佛狂道 취불광도

「무림포두」, 「염왕」의 작가 백야!
그가 칠 년 동안 갈고닦아 온 역작 「취불광도」!

강호 일신(一神), 검신 한담(邯罿).
오직 검 한 자루로 무림을 지배하고 다스리는 인물.
강호를 지배하는 또 하나의 손, 또 하나의 검……

기이한 파계승의 손에서 자란 나정은 스승과 함께 떠난 무림행에서
이십 년 전의 혈난을 만들어낸 금단의 무공을 만나게 되고……

그에게 잠재되어 있던 거대한 힘이 운명의 안배에 따라 깨어난다!

어린 동자승, 나정이 만들어가는 무림 기행!
또 하나의 전설이 이제 시작된다!

Book Publishing CHUNGEORAM

유행이 아닌 자유추구 -
WWW.chungeoram.com

눈매 新무협 판타지 소설

**강호가 혼란할 때마다 나타났던 전설의 문파
강호인들은 그들을 무적문이라 부른다.**

마도천하의 시대. 명문정파 비검문은 유일한 계승자인 설화를 보호하기 위해
표운성이라는 청년을 찾는데……

"헤헤. 돈 좀 주셔야겠는데요?"

걸핏하면 돈! 돈! 돈!
세상에서 가장 좋은 것도 돈이요, 가장 귀한 것도 돈이다.

그를 은밀히 따르는 어둠 속의 사군자(死軍者)들
서서히 드러나는 무적문의 실체

"은자의 은혜만 받는다면 나 표운성, 이루지 못할 것은 없다!"

돈에 환장한 문주가 나타났다!

Book Publishing CHUNGEORAM

Book Publishing CHUNGEORAM

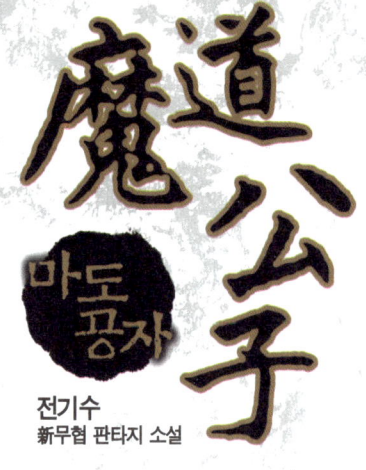

전기수
新무협 판타지 소설

2011년 새해
청어람이 자신있게 추천하는 신무협!

봉마곡에 갇힌 세 마두. 검마, 마의, 독마군.
몇십 년 동안 으르렁대며 살던 그들에게 눈 오는 아침, 하늘은 한 아이를 내려준다.

육아에는 무식한 세 마두에 의해
백호의 젖을 빨고 온갖 기를 주입당하면서 무럭무럭 성장한 마설천!

세 마두의 손에서 자라난 한 아이로 인해 이변이 일어나고,
파란이 생기고, 이윽고 강호에 새로운 바람이 불어온다!

마도를 뛰어넘어 천하를 호령할
마설천의 유쾌한 무림 소요기!